復讐プランナー

あさのあつこ

河出書房新社

目次

復讐プランナー

復讐プランナー

夕暮れの風景

幸福は金色の鹿《しか》のように、めったに出会えないけれど、不幸は鴉《からす》の群れのように、どこでも遭遇《そうぐう》する。

そんな箴言《しんげん》、聞いたことなかったっけ？

あったような気がする。

誰《だれ》のだったかなあ……。

金色の鹿と鴉の群れと。

深沢雄哉《ふかざわゆうや》が空を見上げたとき、視界のど真ん中を鴉の一群が横切って行った。どんぴしゃのタイミングだ。

フェンスの金網《かなあみ》に指をかけ、腕《うで》を伸ばし、身体《からだ》を反らしてみる。その状態でもう一度、空へと視線を向ける。

夕焼けだった。

紅《あか》六割、オレンジ一割、群青《ぐんじょう》一割、黒二割、そんな混ざり方をした色だ。いつもは、もっと濃淡《のうたん》があるようにも思うのだが、今日は紅六割、オレンジ一割、群青一割、黒二割、その一色にべとりと塗《ぬ》り込《こ》められている。もっともそれは、雄哉の頭上だけのことで、東の空はすでに紫紺《しこん》を通り越して黒い夜空に変わろうとしていたし、西の山際《やまぎわ》はまだ昼間の気配を残して、微《かす》かに青い。

雄哉の真上の空だけが華《はな》やかというか、毒々しいというか、どこか不思議で不気味な夕焼け空だ。そこを鴉たちが黒々とした羽を広げ、賑《にぎ》やかに鳴き交わしながら飛びすぎていく。

春と夏との入り雑じった夕暮れ時は、乾《かわ》いた草の匂《にお》いがした。

下校時間はとっくに過ぎている。あと三十分もすれば、来週から始まる市のスポーツ大会に向けて、いつもより一時間以上、練習時間の延長を認められている運動部も、活動を終了する時刻となる。ずい分と日が長くなった。一日一日が伸びていくのがわかる。それでも夕暮れになる。太陽が沈《しず》み、月が昇る。夜が来る。

首の後ろ側が痛くなった。金網が指の腹にくいこんでくる。雄哉は身体を起こし、大きくため息をついた。

「ユウ、何かあったの？」

昨夜、夕食の席で長姉《ちょうし》の晴香《はるか》に問われた。

「え？」

「夕食が始まってから十五分。それで三回目だよ」

「三回目って、何が？」

「ため息」

夕食のおかずはエビフライだった。けっこう好物だ。エビフライの衣《ころも》が喉《のど》にひっかかったフリをして、空咳《からぜき》をしてみる。グラスの水を飲み干して、「やっぱ、まこ姉《ねえ》のエビフライ最高だね」なんて笑ってみせたけれど、晴香はにこりともしなかった。

「なんでため息なんかつくわけ？」

「べっ、べつに、ついてないけど。ちょっと深呼吸しただけじゃないかよ」

「ふーん、そうかなぁ。あきらかにため息だったけど。しかも、三回も、ね」

「ちがうって。はる姉《ねえ》、目が悪くなったんじゃないの」

「お醤油《しょうゆ》だよ」

「へ？」

「あんた、エビフライにお醤油、かけてるよ。いつもは、真湖《まこ》特製のタルタルソースじゃないの」

「えっ、あっ、うわっ」

不覚にも叫んでしまった。千切りキャベツ、ポテトサラダ、プチトマト、そして大ぶりのエビフライが醤油浸《びた》しになっている。

最悪。

「もう、早く言ってよ。せっかくのエビフライなのに」

「雄哉」

晴香の声音がすっと低くなる。目が細められる。

「なっ、なんだよ……」

雄哉は精一杯《せいいっぱい》胸を張り、精一杯不機嫌《ふきげん》な声を出そうとした。しかし、姉の眼光《がんこう》の前にへなへなと気持ちが萎《な》えていく。

晴香は今春から、市立病院でインターンとして働いていた。母親の晴子《はるこ》が飲酒運転の乗用車にはねられたとき、搬送《はんそう》された病院だ。父親の岳哉《たけや》の職場でもあった。

晴子は意識不明のまま搬送されて三日後、集中治療室《しゅうちちゅうちりょうしつ》で息をひきとった。八年前のこと。雄哉はやっと五歳になったばかり、晴香は十七歳、次姉の真湖が十五、妹の沙紀《さき》にいたっては三歳の誕生日を迎《むか》えてもいなかった。

中学卒業間近だった真湖はともかくとして、母を失うにはあまりに幼過ぎる弟と妹の面倒を晴香は一手《いって》に引き受けて奮闘《ふんとう》した。それればかりか、熱烈《ねつれつ》な恋愛《れんあい》の末、結ばれた妻をあっけなく失い、ほとんど茫然自失《ぼうぜんじしつ》の状態だった父親を慰《なぐさ》め、支え、叱《しっ》咤《た》し続けた。

希望だった東京の大学への進学を諦《あきら》め、地元大学の医学部に入学する。大学に通いながら、真湖とともに家の内を仕切り、弟妹の母親代わりになり、留年《りゅうねん》することなく大学を卒業し、国家試験にあっさりと合格した。

身長百七十二センチ、長脚《ちょうきゃく》、細腰《ほそごし》、痩身《そうしん》。見事なモデル体形だ。超《ちょう》がつく美人ではないけれど、母親譲《ゆず》りの華やかな顔立ちをしていた。

「スーパーウーマンだよなあ」

と、しみじみ述懐《じゅつかい》していたのはノッチだ。ノッチこと野栄英悟《のええいご》。中学の時代から晴香と付き合っている。晴香より一歳年上だけれど学生だった。二浪《にろう》して入った美術大学をまだ卒業できずにいる。

「ノッチ、恋人がスーパーウーマンで平気?」

つい尋《たず》ねてしまった。先週の金曜日のことだ。

ほんとうはそんなこと聞くつもりじゃなかった。姉がスーパーウーマンであろうとなかろうと、別に構わない。いや、晴香をスーパーウーマンだなんて、雄哉自身思ってはいなかったのだ。晴香は少し口うるさいけれど、自分の才能や学力をひけらかすような傲慢《ごうまん》さはなかったし、基本的に優しい。でもドジでおっちょこちょいだ。長所も短所もいっぱいある。よくわかっている。スーパーウーマンなんかじゃない。だから、あのとき、雄哉の中に意地悪い思いがひそんでいたのだろう。一般的な見方をすれば、とても優秀な恋人をもった男に意地悪い質問をぶつけた。ノッチののほほんとした顔を見ていたら、なぜかいらいらして、意地悪な質問をぶつけてしまった……のだ。

おれって、嫌《いや》なやつだな。

自分で自分が嫌《きら》いになる。自己嫌悪《じこけんお》。

コンビニのアルバイトで生活費を稼《かせ》いでいるノッチは、本人の言い分によると食費の節約と栄養補給《えいようほきゅう》と家庭の雰囲気《ふんいき》に浸るために（ノッチの両親はノッチが高校を卒業するのを見計らっていたみたいに、卒業式の翌週、離婚《りこん》した。そして、どういうわけか両親ともそれぞれに恋人を作り、息子を残して家を出て行ったらしい。そのあたりの事情は雄哉にはよくわからない。ともかく、建売二階建て築十五年の家にノッチは一人で住んでいる）、一週間に最低二日は深沢家にご飯《はん》を食べに寄る。晴香が不在でも（その方が多い）一向に気にする様子もなく、あまり物だろうが、残り物だろうが、冷めていようが、熱々だろうが「美味《うま》い、美味い」を連発させてきれいに平らげる。あながちお世辞や社交辞令だけではないはずだ（ほんのちょっぴりは混ざっているかもしれないけれど）。次姉の真湖の料理はとびっきり美味い。晴香曰《いわ》く、

「真湖の料理の腕前は先天的な才能よね」

なのだ。雄哉もそう思う。なんていうことはない料理、から揚《あ》げだとか、豆腐《とうふ》と大

根の味噌汁《みそしる》だとか、鯖《さば》の煮付《につ》けだとかが、びっくりするぐらい美味い。もちろん、エビフライも、だ。

先週の金曜日、真湖のお手製の煮込みうどんをすすりながら、何気《なにげ》なく尋ねてみた。というより、何気なく聞こえるような、別に答えてもらわなくてもいいけど、みたいな調子に聞こえるような尋ね方をしたのだ。

何気なく、とても意地悪な質問をした。

「ノッチ、恋人がスーパーウーマンでも平気?」

「うん? どういう意味?」

問い返されて、口ごもる。

「あのさ……なんか、すご過ぎて……辛《つら》くない?」

「うう、うっ」

甘辛《あまから》く味付けされた椎茸《しいたけ》を口に放り込むとノッチは首を傾《かし》げ、小さく唸《うな》った。

「ユウ、なかなかイタイとこ突いてくるじゃないかよ」

「イタイの?」

やっぱりと続く言葉を呑《の》み込む。喉の奥《おく》がひくりと動いた。うどんの汁《つゆ》が急に苦くなった気がする。

嫌なおれ。意地悪でせこい。

ノッチ、ごめん。うどんも、ごめん。

「イタイっちゃあイタイ。なんせ。おれが晴香に勝ってるのは、身長だけなんだからさ。しかも、たった一・五センチ」

「別に、背が高いのが偉いってわけじゃないでしょ」

雄哉はチビではないけれど、大きくもない。ちょうど真ん中あたりの身長だ。

「ああ、そりゃあそうだな。ユウの言うとおりだ」

にっと笑って、ノッチはうどんをすすった。高校を卒業してすぐに伸ばし始めた口髭《くちひげ》の先が汁で汚《よご》れた。

ノッチは何でも笑ってすます。

単位が足りなくて二回目の留年が決まったときも、酔《よ》っ払《ぱら》って転び、腕を骨折したときも、その怪我《けが》のせいで油絵の課題制作ができず教授から手酷《てひど》く叱責《しっせき》されたときも、笑ってすませてしまった。

父親と母親が相次いで家を出て行ったことも、笑ってすませたのだろうか。

うどんの汁を飲み干して、ノッチが満足そうに息をつく。

「うーん、でもまっ、とことん惚《ほ》れてるからな」

「はる姉に？」

「いや、晴香がおれに。あっ、もちろんおれも惚れてるけど」

思わずノッチの顔を見つめてしまった。意地悪い心根とか自己嫌悪とか憂鬱《ゆううつ》とか、胸にあった重いものを一瞬《いっしゅん》だけど忘れることができた。

「ノッチさ……ふられるとか考えたことないわけ？」

「イテッ、イテテテ。今夜はほんと、突っ込み厳しいぞ、雄哉くん」

突っ込みだけじゃなくて、本当に知りたくなったのだ。

「ねえ、ないわけ？」

雄哉には珍《めずら》しく詰《つ》め寄《よ》る。

「ない」

ノッチが、ものすごく珍しく言い切る。

「へぇ〜、自信あるんだ」

「当然。おれたちが別れるなら、世の中の恋人たちはみーんな、破局《はきょく》しちまうさ」

ノッチは大きく両手を広げ、指の先をひらひらと動かした。何の意味もない仕草なのだろうけれど、雄哉は、絵筆を持つにしては無骨《ぶこつ》な太い指がひらひらと動くのを見つめていた。指の形のわりに優雅な動きだと思う。

のうてんき。

という単語がぽかっと浮かんできた。

能天気かな、脳天気かな。それともどっちでもいいのかな。

のうてんきなノッチ。

はる姉が時々、ぼんやりと考え込んでいるのを知らないのかな。知っていて気づかぬふりをしているのかな。

「まこちゃーん、頼《たの》む。おかわり食べさせてくれよ」

「いいけど、もう鶏肉《とりにく》がないの。三つ葉もきれちゃって」

「かまわん、かまわん。この出汁《だし》が美味いんだから。素《す》うどんでも、ぶっかけでもいいからさ。ほんと、美味くて。あと十杯ぐらいいけそうなんだけど」

あはあはあはと、真湖の笑い声が聞こえる。気持ちよく笑っているとわかる声だ。朗《ほが》らかに響《ひび》く。

羨《うらや》ましい。

危うく、声に出して呟《つぶや》きそうになった。

ノッチが羨ましい。

ノッチののうてんきさが羨ましい。

陽気さが羨ましい。

鈍感《どんかん》さが羨ましい。

野放図《のほうず》さが羨ましい。

笑えることが羨ましい。

ノッチの強さが、羨ましい。

どうしたらノッチみたいになれるんだろう。

つくづくそう思った。

金曜日の夜、この季節にしては肌寒い風が吹いていた。

そして、昨日。日曜日の夜、雄哉はやたらため息をついて、ぼんやりして、大好きなエビフライに醤油をかけて（しかもたっぷりと浸《つ》かるぐらい）、姉に見咎《みとが》められてしまった（この日の夜は変になまあたたかくて気持ちが悪かった）。

「雄哉」

晴香が身を乗り出す。

「はい」

思わず素直な返事をしてしまった。

「白状しなさい」

「白状って？」

「ため息の原因よ。学校で何かあったんでしょ」

何かあったの？ではなく、何かあったんでしょとかなり断定されてしまった。言葉に詰まる。うつむいて、醬油味のエビフライにかじりつく。意外に美味い。まこ姉、これ、案外いけるかも。

「ユウちゃん……いじめられてるとか」

ぽそっ。傍《かたわ》らから声がかかる。

沙紀だ。今年、十一歳、小学校五年生になる。長姉と同じ血を引いているからか、長身だ。それこそ、雄哉と一・五センチぐらいしか違《ちが》わない。追い越されたらどうしようと、内心びくついている。姉貴ならまだしも、妹に見下ろされるなんて、格《かっ》好悪《こうわる》すぎる。絶対阻止《そし》したい。

「イジメ？」

晴香の眼がきらりと光ったように思えた。

「は？　さっ、沙紀。何言ってんだよ。ばぁか」

妹の頭を打つマネをする。沙紀は軽く首をすくめ、ちらりと兄を見やった。

「真一《しんいち》くんも、よく、ため息ついてた」

「シンイチくん？」

「四年生のとき、同じクラスだった子。テッちゃんや中里くんたちにイジメられてたの。真一くん、よくため息ついていたよ。はぁ〜って身体の中の息、全部、吐《は》き出すみたいなため息」

過去形の言い方が気にかかる。

気にしちゃだめだと、声がする。雄哉自身の声だ。妹のクラスメート、見も知らぬシンイチくんなんかより、目の前の醤油浸しエビフライの方が百倍も大切だって態度をとらなければ、だめだ。

だけど……あぁ気にかかる。

「……そのシンイチくん、どうかしたのか」

声が喉にひっかかって、妙にかすれてしまう。

姉と妹の視線が同時に、ぶつかってきた。

「毛が抜けた」

沙紀が短く答える。それから、右手の親指と人差し指で◯《まる》を作る。

「このくらいのハゲができたの。耳の上の毛が急にぱさっと抜けて……国語の時間で……グループ学習してたときだった。漢字の成り立ちや意味をグループごとに調べて発表するの。真一くんが『あっ』って叫んだから、あたし、そっちを向いたら真一くんが、びっくりした顔をして自分の手を見てて、そこに髪の毛がいっぱい抜けてて……なんて言うのかな、真一くん、魂《たましい》が空っぽになったみたいな感じで……」

「呆然《ぼうぜん》としてた、わけね」

晴香の言葉に沙紀はほんの少し首を傾げ口ごもった。「呆然」は、自分の感じたことと微妙にずれているのだろう。沙紀にとってはシンイチくんの状況は、「呆然」ではなく「魂が空っぽになったみたいな感じ」だったのだ。「呆然」では、どうもしっくりこない。だから、首を傾げる。口ごもる。

沙紀にはそういうところがあった。

誰もがごく普通に何も考えないで使っている言葉に拘《こだわ》る。自分がどう感じているかを伝えようとする。「いいお天気だね」は「今日の空はあたしの一番好きな色をしているから、気持ちがいい」となるし、「淋《さび》しいな」は「胸の中がスースーして、何か温かいものの傍《そば》にいたくなる」、「腹が立つ。むかつく。頭にきた」は「髪の毛の根元がきりきり痛くなって、硬《かた》い角が何本もはえてくる感覚がする」となる。そういうの（深沢家では沙紀語と呼ばれている）をぼそぼそ、年齢《ねんれい》にも性別にも相応《ふさわ》しくない低音でしゃべるものだから、聞き取りにくいし、まどろっこしいし、時にいらつくし、理解できないときもある。

顔立ちも、なまじ整っているのでひどく大人びて、生意気にさえ映る。唇をへの字に曲げる癖《くせ》があって、あまり笑わない。どう贔屓目《ひいきめ》に見ても愛嬌《あいきょう》があって人好きのするタイプではなかった。

「沙紀、友だちができるかしら」

小学校に入学するとき、晴香は本気で心配していた。

「『ちょっと変わった子』なんてレッテルを貼《は》られたら、困るわ」

と、完全に母親の心境で気に病んでいたものだ。姉ほどじゃないけれど雄哉も密《ひそ》かに心配はしていた。沙紀は、雄哉から見ても「ちょっと変わった子」だったのだ。杞憂《きゆう》だった。

沙紀は別に「ちょっと変わった子」のレッテルを貼られることもなく、貼られたとしても表だって被害をこうむることもなく（本人が淡々《たんたん》としていただけなのかもしれないが）、多くはないが、とても仲の良い、気の合った友人たちを何人かこしらえて、それなりに小学校生活を楽しんでいる（みたいだ）。雄哉には信じられないのだが、男の子にも人気があって、そこそこもてるらしい。まったくもって、信じがたい事実だ。

人生ってのは、不可思議なものだ。摩訶不思議《まかふしぎ》と言っても言い過ぎではないだろう。

沙紀のような少女がすんなり学校という場に溶け込んでいるかと思えば、雄哉のように「ちょっと変わった子」どころか、ごくごく平凡、一般的、普通、学力も容姿も運動能力もその他諸々《たもろもろ》も平均値の範囲にすっぽりおさまって、良くも悪くも目立たず毒も針も棘《とげ》もない者が、強烈な印象もないけれど不快感もおこさせないはずの者が、攻撃される。

摩訶不思議で、理不尽《りふじん》で、不可解だ。

「その日、早引けして、それから真一くん学校に来てないよ」

一息に、沙紀にしては早口に言い切る。それから、また、ちらりと兄を見た。

「髪の毛が抜ける前、真一くんも……ずっとため息、ついてた」

思わず頭に手をやる。男にしてはやや細い髪の感触が手のひらに伝わってきた。

そっと引っ張ってみる。髪は頭皮にしっかりとくっついていて一本も抜けなかった。

晴香の眉がひそめられる。

「雄哉、まさか、そうなの？」

「へ？」

「へ？　じゃないでしょ。あんた、いじめられてるの？」

はる姉、その聞き方、単刀直入すぎるって。いじめられてんのと聞かれて、はい、
そうですなんて答える中学生がいるかよ。

「……んな、わけないだろ。つーか、まったく、ありえないから」

わざと軽々しい物言いをしてみる。晴香はごまかされなかった。

「じゃあ、なんでため息なんてついてるわけ？」

「そっ、それは……べつに意味ないけど」

「意味なく三回もつく？　エビフライに醤油をかけちゃう？」

「うるさいっ」

大声で怒鳴る。

両手でテーブルを思いっきり叩く。

グラスが落ちて床に転がる。

「はる姉はうるさいんだよ。うるさすぎるんだよ。もういいかげん、放っておいてくれよ。おれが食べるエビフライにおれがなにかけたって、勝手だろう。ため息ついたっていいだろう。なんで、いちいちチェックされなきゃいけないんだよ。もう、鬱陶《うっとう》しい、鬱陶しすぎる」

沙紀は転がったグラスを拾い上げると、おちついた動作でタルタルソースのたっぷりかかったエビフライを箸《はし》でつまみあげた。

「ふーん」

晴香は腕を組み、背筋をまっすぐに伸ばした。

「ますます怪しいわね、ユウ」

「は？」

「あんた、隠《かく》しごとがあると怒りっぽくなるの。ていうか、怒ったふりして、ごまかそうとするのよね」

「う……」

「昔からそうだったよねえ」

「く……」

「わかりやすいのよ。まっ、そこがユウの良いとこでもあるんだけどね。うんうん、ユウのそういうとこ好きだなあ、あたし」

「む……」

はる姉は天下無敵だ。何でも見通してしまう。ほとんど超能力だ。ノッチは、はる姉に隠しごととかできるんだろうか。それとも、超人はる姉でも、恋人の嘘《うそ》は見抜けないんだろうか。今度ノッチが来たら聞いてみなくちゃ。

「はい、お待たせ。シーフードサラダと茸《きのこ》のリゾットができあがりました」

お盆を持った真湖がキッチンカウンターから出てくる。にこにこしていた。真湖はいつもにこにこしている。ふっくら豊かな頰《ほお》と目尻の下がった丸い顔をしているから、笑っていなくても笑っているように見えるけれど、たいてい、本当に笑っているのだ。

高校を卒業してから短大と専門学校に通い、調理師と栄養士の資格を取得していた。今は、専門学校で臨時の講師を務めている。

次姉のイメージは湯気だ。いつも、キッチンにいて湯気の向こうから笑っている。湯気の立つ温かな美味しい料理を差し出してくれる。幼くして母と死別するという不幸の穴埋《あなう》めをするように、神は雄哉と沙紀にまったくタイプの異なる姉を二人、絶妙な配置で贈《おく》ってくれた……と、思うときがたまに、ある。

「怒ったり、お説教したり、ごまかしたりする前に食べましょう。デザートにかぼちゃプリンも作ったからね」

「かぼちゃプリン」

晴香と沙紀の口元がほころんだ。二人とも、かぼちゃが大好きで、中でもかぼちゃの天ぷらとプリンには目がなかった。雄哉はそれほどでもない。嫌いではないけれど、おかずにもなるしデザートにもなるというあたりがどうも得体《えたい》がしれなくて、しっくりこない。

「そうだよ。かぼちゃプリン。みんなで食べようよ」

晴香が空咳をする。

「マコ、今、大切な話の途中《とちゅう》なんだけど」

「食事の途中でもあるよ。そっちの方が大切でしょ。話さなくても死なないけど、食べないと死んじゃうんだから。ユウ、エビフライかえてあげようか？」

「だいじょうぶ。けっこう、美味い」

「そう。揚げ物って下味《したあじ》がついてるから、案外何でも合うんだよね。サラダとリゾットは？」

「いる。サラダは大盛りにして」

「かぼちゃプリンも？」

「食うよ」

「一個？」

「うん。あっ、やっぱ二個にする。そんなに大きなカップじゃないでしょ」

真湖が晴香に向かって、大きくうなずく。ふわりと笑う。

「心配しなくていいんじゃない、ハルちゃん」

「うん？」

「ユウのこと。これだけ食べられるんだから、心配しなくていいと思うよ」

「そうかな」

「そうだよ」

「それにね」

と、沙紀が口を挟む。

「ユウちゃんだって言いたくないこと、あるよ。はる姉みたいに、無理矢理聞き出そうとしても、ユウちゃん、なんにも言わないと……思うよ」

もうちょっとで、シーフードサラダのイカが喉に詰まって窒息《ちっそく》しそうになった。

なんだか、この家族で一番幼いのは自分のような気がする。その次が父親じゃないだろうか。岳哉は晴子が亡くなってから酒の味を覚えた。高校生のころ初めて呑《の》んだ焼酎《しょうちゅう》で酔い、死ぬほど苦しんだ経験からアルコール類全般を拒否《きょひ》していたのだが、葬式後《そうしきご》の淋しさからふっと手をのばした芋焼酎《いもじょうちゅう》のお湯割りにはまり、家でも外でも呑むようになったのだ。酒量はぐんぐん増えて……もいかず、グラスに三、四杯で頭打ちになり、このところ少しずつ下がっている。毎日ではないし、前後不覚になるほど泥酔《でいすい》することもなかった。むろん、アルコールに依存《いぞん》しているわけでもない。だから、誰も父親の飲酒を止めようとはしなかったのだ。ただ、ふだんはさばさばして、どちらかというとネアカっぽい岳哉が、酔うと愚痴《ぐち》っぽくなる。しかも話題は亡妻《ぼうさい》のことばかりだ。

「なんで助けてやれなかったかなあ。晴子、おれが救ってくれるって信じていたはずだよなあ」

芋焼酎二杯目。すでに、岳哉の目には涙が浮かぶ。愚痴言いのうえに、泣《な》き上戸《じょうご》なのだ。

「おれ、何のために医者をやってたんだ。女房さえ助けられなかったなんて……」

「しょうがないでしょ」

晴香が肩をすくめ、「辟易《ひきえき》」を顔で表現すればこうなるという見本のような辟易した表情を浮《う》かべる。

「父さん、耳鼻咽喉科《じびいんこうか》なんだもの。交通事故で担ぎこまれた患者《かんじゃ》を手術できないの、当たり前じゃない」

「うう、おれ、なんで耳鼻咽喉科なんて選んじゃったんだ。おれが耳鼻咽喉科の医者でさえなかったら……晴子は……晴子は死なずにすんだかも……」

「ありえないでしょ」と晴香。

「むちゃくちゃ非論理的だ」と雄哉。

「泣くの、やめたら。鼻水が出てかっこ悪いよ」と沙紀。

「焼酎ばっかりじゃなくて、野菜の煮付けも食べてよね」と真湖。

四人の子どもの前で、酔った岳哉は泣き続ける。ちょっと情けない。自分も含め、父親にしてもノッチにしても、深沢家関連の男はどことなく情けない。それに比べて、女性陣《じょせいじん》はつわもの揃《ぞろ》いだ。

さっきとは違った意味で、ため息をつきそうになる。

ガタンと音がした。

晴香がイスに座りなおしたのだ。サラダボウルにフォークをつっこむ。

「わかったわ。マコやサキがそこまで言うなら、何にも聞かない。けどね、ユウ」

「はい」

ああまた、素直な返事をしてしまった。

どうしてこうなんだ、おれ。

「話さなきゃならないときは、ちゃんと話をしてよ」

「あ……うん」

「悩みって、一人で抱え込むと重くなるばっかりなんだから。がんばりすぎるところくなことないから。ねっ」

最後の「ねっ」には、すごく優しい響きがあった。労《いたわ》りと温かさが実にバランスよく配合されている。くらりと心が揺《ゆ》れた。

「けど、一人で……がんばるしかないときも、あるよね」

沙紀の呟きが耳にひっかかった。

晴香が瞬《またた》きする。

「サキ、あんた、えらくシビアじゃないの。まさか、あんたも……」

「何にもないよ。友だちとも、先生とも、クータンとも上手くいってるよ」

「クータン？」

「飼育している兎《うさぎ》。噛《か》み癖《ぐせ》があるの。けど、あたしには絶対噛み付いたりしなくて。だからあたし、ずっと飼育係で……クータンの世話してる」

「飼育係、嫌なのか？」

沙紀の顔をのぞきこむ。

雄哉も小学三年生のとき、飼育係だった。兎ではなく鶏《にわとり》だったが。こいつは鶏じゃなくて軍鶏《しゃも》じゃないのかと疑いを抱くほど気の荒い雄鶏《おんどり》で、傍《そば》に寄る人間をだれかれかまわず、突っついたり、爪《つめ》で蹴《け》り上《あ》げたりしていた。そんなわけだからなり手がおらず、結局、雄哉は一年間ずっと飼育係を務めた。別に鶏が好きなわけでも、飼育に興味があったわけでもない。担任は三十代後半の、教育熱心なわりにいい加減で、しかも鳥類が大嫌いというオジサン先生だったから、飼育係が決まらないままだと、鶏たちがほったらかしにされることも十分ありえると思われた。いくら、荒くれ鶏とはいえ、餌《えさ》ももらえず、水も替えてもらえずではあまりに不憫《ふびん》……。そこまで考えると、おずおずと手を挙げるしかなかった。

沙紀もそうなんじゃないか。いろんな事情から飼育係を押し付けられて……。

「ううん、楽しいよ」

沙紀が笑う。

「みんなクータンを怖《こわ》がるけど、あたし、全然そんなことなくて……あたしの手から菜っ葉とか食べるの、かわいいよ。あたし、学校は嫌じゃないもの。だけど……一人でがんばるしかないときも、あるって……そう思っただけ」

それから、低い声で付け加えた。

「真一くんも、飼育係だったんだ」

「そう……」

晴香が何か言いたそうに唇を動かす。雄哉は口の中のレタスとイカを飲み込んだ。

「沙紀の言うとおりかもね」

真湖がすっと息を吐いた。

「一人でがんばるしかないときって、確かにあるもんね」

「なによ、あんたまで」

晴香が鼻を鳴らす。

「けどね、思いがけない誰かが思いがけないやり方で助けてくれる、そういうこともあるよね」

そう言うと真湖は、またほんわりと笑った。

「思いがけない誰か？」

「思いがけないやり方？」

雄哉と沙紀の声が重なる。

「まこ姉、それ、どういうことだよ？」

「どういうことかな。ねっ、晴香」

真湖が姉を呼び捨てにする。横柄《おうへい》な響きはない。むしろ、母が亡《な》くなったあと、二人三脚《ににんさんきやく》で深沢家を支えてきた二人の間にだけ通い合う緊密感《きんみつかん》が濃くなる気がする。

「なんだよ、はる姉に関係あるわけ？」

晴香が微笑する。その笑顔のまま軽く首を振っただけで、なにも答えようとはしなかった。


雄哉は今、校舎の屋上にいる。生徒は立ち入り禁止になっていた。立ち入り禁止でなくても、あまり足を運びたい場所ではない。

周りを囲っている薄緑色《うすみどりいろ》の金網、むき出しのコンクリートの床、古ぼけ、錆びた貯水槽《ちょすいそう》の階段、色褪《いろあ》せたプランターが四つ、かさかさに乾いた土を詰め込まれて妙に行儀良く並んでいる。

それが、ここにある物のほとんど全てだった。

今は夕焼けでほんのりと紅《あか》く染まっているけれど、そうでなければ、ものすごく色彩に乏《とぼ》しい、灰色に塗り込められた場所だ。

陰鬱《いんうつ》。そんな言葉が似合う。ここに足を運ぶ生徒はめったにいない。禁止されているからではなく、一歩、足を踏み入れただけで心が沈み、あたりに視線を巡《めぐ》らせればさらに沈み込んでいくような陰鬱さを厭《いと》うからだ。

〝屋上に三十分以上立っていると、どうしようもなく死にたくなって、知らぬ間にフェンスを越えている。〟

〝屋上に行くと、誰かが背を向けて立っている。そいつがゆっくり振り向くと……血だらけの自分だった。〟

〝屋上では風の音がみんな女の泣き声に変わってしまう。〟

俗《ぞく》にいう学校の怪談《かいだん》まがいのうわさは幾《いく》つもあるが、それもあながち馬鹿げた作り話だと笑えないような雰囲気なのだ。駐輪場《ちゆうりんじよう》やトイレで隠れ煙草《たばこ》をするような連中も、二人っきりになりたい恋人たちも、ここにはめったにこない。逆に言えば、かなりの確率で一人になれる場所だということだ。

鴉の群れが山へと帰っていく。

このどちらかというと嫌われものの黒い鳥は、他のどんな鳥より夕焼けの空に似合っている。

「深沢」

名前を呼ばれて、心臓が縮んだ。

まさか、こんなところまで、こんな時刻に……。

「なにしてんだよぉっ。日向《ひなた》ぼっこか」

久利谷光樹《くりたにこうき》がニヤニヤ笑いながら、近づいてくる。後ろに廣野瀬《ひろのせ》と石原がいた。

久利谷と同じような笑みを浮かべている。

ニヤニヤ、ニヤニヤ。

嫌な笑いだ。

薄ら笑いとでも言うのだろうか、笑いなのにちっとも楽しげじゃない。酷薄《こくはく》で、いやらしい。脚を怪我《けが》して動けなくなった子兎がいるとする。それを見つけたときの狐《きつね》はきっとこんな風に笑うだろう。そんな笑みだ。

「え、どうなんだぁ。深沢」

「べつに……」

　横を向く。

「なんだよその態度。せっかく親切に聞いてやったのに」

　久利谷が雄哉の胸を押す。ちょっとした動作なのに、雄哉はよろめきフェンスにぶつかった。

「深沢ぁ」

　久利谷が手を差し出す。少林寺拳法《しょうりんじけんぽう》の有段者だという指はがっしりと太く、たくましい。

「金の用意できてるかぁ。明日だぞ」

　ニキビの痕《あと》のある色黒の顔がぐっと迫ってきた。雄哉はこぶしを固く握った。指先が震えているのが情けない。

「わかってるなぁ。ちゃんと持ってこいよ」

「……嫌だ」

「はぁ？　何て言った？」

「五万なんて大金……おれ、持ってないし」

声がかすれるのも情けない。でも、言わないよりマシだ。黙って言いなりになるよりずっとマシだ。たぶん……マシだろう。

「ふざけんな。おまえ、約束破る気かよ、えっ」

「やっ、約束なんかしていない。そっ、そっちが勝手に」

悲鳴をあげる。腕に鋭い痛みが走ったのだ。

「深沢ぁ。あんまり、ふざけんなよぉ」

久利谷の太い指が制服の上から雄哉の腕を抓《つね》る。

「やめろよ」

振り払おうとしたら、手首を摑《つか》まれ、ねじ上げられた。

「痛いっ」

「へへん、痛いかよ。じゃあ、こうしたらどうかなあ」

足払いをかけられ、床に叩きつけられる。

息が詰まった。

「おまえ、弱いなあ」

久利谷の笑い声が降ってくる。すこし遅れて廣野瀬と石原の嘲笑《ちょうしょう》が続いた。

「そんなに弱くちゃ正義の味方は務まらないよん」

「そうそう、がんばれ深沢、がんばれヒーロー」

囃《はや》し声《ごえ》と拍手《はくしゅ》。

床に広げていた指を久利谷が踏《ふ》みつける。そのまま体重をのせて雄哉の傍《かたわ》らにしやがみこむと、低くささやいた。

「おまえは弱っちいくせに、かっこつけて、ヒーローぶっておれたちを悪者あつかいしたよな。つまり、恥《はじ》をかかせたわけだ」

「……そんなこと……」

「おれたち、ふかーく傷ついちゃったわけよ」

「恥なんかかかせて……ない」

「嘘つけ」

耳を引っ張られる。耳朶《みみたぶ》がちぎれそうなほど強い力だった。

痛い。怖い。泣きそうになる。

奥歯に力を込め、雄哉は必死に涙《なみだ》と嗚咽《おえつ》をこらえた。

泣いたりしたら、こいつらをおもしろがらせるだけだ。

泣いたって何にも解決しない。

泣いたりするもんか。

強く、強く、奥歯をかみしめる。

「おまえはおれに恥をかかせたんだ。精神的に傷つけたんだぞ。だから、罰金《ばっきん》五万円。安いもんだろうがよ」

「罰金、罰金、五万円」

「はーやく払ってもらいましょう」

廣野瀬と石原が調子を合わせ、さらに囃し立てる。

「証人だっているんだぞ。なっ、眞野《まの》」

え？　章司《しょうじ》？

大柄な石原がすっと横に動く。

眞野章司がいた。石原より頭一つ分小さな身体をさらに縮めるように、俯《うつむ》いて立っている。

「なあ、眞野。おまえが証人だよなあ。深沢はおれに恥をかかせたの、事実だって証言してくれるよなあ」

章司の喉が上下に動いた。唇が震えているのがわかる。

「どうなんだよ、眞野」

「うっ、うん」

こくり。章司が頷いた。

「……久利谷くんの言うとおり……」

「は？　聞こえないぞ。もっと、大きな声出してくれよな」

「くっ、久利谷くんの言うとおり……だ」

「だよな。だったら罰として五万、払わなきゃいけないよねえ」

「う……」

「どうなんだよ、眞野。はっきり深沢に言ってやれ」

「あの……あの……」

「眞野！」

「あ……、ゆっ、雄……深沢くんは五万……、くっ久利谷くんに払わなくちゃいけない……」

章司の顔が歪《ゆが》む。唇は震え続けている。

「決定」

久利谷は立ち上がると章司に歩み寄り、肩《かた》を抱いた。

「証人がいます。これで、深沢雄哉くんの有罪が確定しました。罰として五万円を徴収《ちょうしゅう》します」

「よっしゃあ。有罪確定、おめでとう」

「罰金五万、とっとと払ってちょうだいよ」

久利谷は章司の肩を抱いたまま、ゆっくり雄哉に近づくと背中を蹴り上げた。

「いいな、深沢。これは罰だからな。明日、必ず五万もってこいよ。もってこなければどうなるか、わかってんだろうな」

やけにドスの利《き》いた声でそう言った。ぞっとした。暴力団に恐喝《きょうかつ》された人ってこんな気持ちなんだろう。

章司は俯いている。顔をあげない。

最終下校を告げるチャイムが鳴った。

「運動部および、学校内に残っている生徒は活動を終了し、帰宅の準備をしてください。繰り返します……」

生活指導課の増口先生だろう、野太い濁声《だみごえ》がチャイムに続いて響きわたった。

「さっ、帰ろうぜ」

「おーっ、明日が楽しみだ」

「深沢くん、期待してるよ」

三人が騒《さわ》ぎながら雄哉に背を向ける。章司だけが佇《たたず》んでいた。唇だけでなく、握ったこぶしも震えている。

「おい、眞野。早く来い。おれの荷物、もたせてやるからよ」

振り返り、久利谷が呼ぶ。

章司は動かない。

「眞野、何やってんだ」

呼び声に苛立《いらだ》ちがこもる。

「行けよ」

雄哉は章司を睨《にら》みながら、つぶやいた。

「行けよ。卑怯者《ひきょうもの》」

章司が顔をあげた。色が白くて目が大きい。線の細い優しい顔立ちだった。

「……雄哉」

「親しげに名前なんか呼ぶな」

ばかやろう。

大声で叫びたい。だけど、ここでいくら章司を詰《なじ》っても、罵倒《ばとう》しても、惨《みじ》めさが増すだけだ。

強く、強く、唇を噛む。口の中に血の味が広がっていく。気分が悪い。吐いてしまいそうだ。吐きながら声をあげて泣いてしまいそうだ。久利谷たちにさいなまれるより、章司に裏切られたことの方が何倍も辛い。そう気がついた。

眞野章司。

中学に入学して最初に友だちになった相手だ。親友になれるかもなんて、甘っちょろいことを考えていた。

席が前後ろになったのが最初のきっかけ、章司の読んでいた本が、雄哉がその一週間前に読み終えたばかりのノンフィクションと同じものだったことが二番目のきっかけとなった。

「それ、おもしろいよな」

雄哉が声をかけると、章司は瞬きし、微笑み、うなずいた。

「おもしろい。深沢くんも読んだ？」

「読んだ、読んだ。おれ、冒険物《ぼうけんもの》って好きなんだ。カヌーでアマゾン川を下るとか、ジャングルで遺跡《いせき》の発掘《はっくつ》をするとか、このシリーズおもしろいよなあ」

「おれ……全巻、もってるけど」

「マジ？」

「マジ。貸してあげようか？」

「やったぁ。これ人気があるから、図書館だとけっこう待ちなんだよな」

本当に嬉《うれ》しかったから、無防備な笑顔になっていたと思う。章司も頬を赤らめて、笑っていた。

雄哉の通う〝神和学園〟は、中高一貫の私立校で〝文武両道〟、つまり勉強もスポーツも同等にがんばろうという、ぜいたくな理念をかかげている。数年前までは女子校だったこともあって、圧倒的に女子が多い。勉強においてもスポーツにおいても、そこそこのレベルらしいけど、それは女子生徒の力によるところが大きいのだ。はっきり言えば、地元ではトップクラスの進学校かもしれないが、県下では上の下、いや中の上といったレベルだろう。

　晴香と真湖の母校でもある。

　雄哉と同じ小学校からも何人か進学していたけれど七割が女の子だ。残り三割の男子とは、顔を合わせれば話をする程度の仲だった。その話題も、学校内のできごととか、タレントやドラマについてとか、ごく限られたものだ。とても「本」の話なんかできない。

　漫画《まんが》やグラビアのついた週刊誌《しゅうかんし》ぐらいならまだしも、活字の並んだ「本」についていくら熱心にしゃべっても、いや、熱心にしゃべればしゃべるほど周りから浮いてしまいそうな気がする。事実、六年生の二学期、わりに気の合った友人たちに夏休み読破した数冊の本について夢中でしゃべっていて、ふと気がつくと、誰もが白けた表情で横を向いていたという、ほろ苦い経験をしたことがある。それからは、趣味《しゅみ》は読書なんて、口が裂《さ》けても言わないようにしている。本当のことが言えないなんて、どこか自分を偽っているようで落ちつかないけれど、浮いてしまうよりはマシだ。

　しかし、章司と知り合い、堂々と「本」について語り合える相手ができた。

もうほとんど奇跡《きせき》に近い。

好きな本のジャンルや作家も似通っていて、しかも、章司は雄哉を凌《しの》ぐ読書家で、次から次へと話題は広がり、尽《つ》きることはなかった。無理して調子を合わせる必要はなかったし、章司が雄哉に過剰《かじよう》な気遣いをしている様子もない。

一緒にいると楽しい。楽だ。

雄哉も章司も委員会活動は当然のように図書委員を希望し、すんなりと通った(図書委員は各クラス二人だが、雄哉と章司の他に希望者はいなかったのだ。因《ちな》みに、中庭の鳥小屋にチャボが三羽いるにもかかわらず、飼育委員会というセクションはなかった。誰が世話をしているのだろうと少しだけ気にかかる)。

気が合うとか趣味が同じとか、そんなものは些細《ささい》なことだと思っていた。気が合わなければ、できる限り、合わせていけばいいし、どうしても無理なら距離をおけばすむことだ。

そんなふうに思っていた。でも、章司という友だちができてみると、心置きなく話せる相手を自分がずっと欲していたのだと気がついた。素《す》を晒《さら》せる誰か、気兼ねなくしゃべれる誰か、共感できる誰か……を欲していたと、思い知った。

それほど期待していなかった中学生活が、期待していいほど楽しいかもと考え始めた矢先、あの事件が起こった。そして事件の結果として——。

雄哉は久利谷光樹から執拗《しつよう》な嫌がらせを受ける羽目に陥《おちい》ってしまったのだ。

久利谷は比較的入学者の多い小学校の出身だった。体格も運動能力もクラスでは頭《ず》抜《ぬ》けている。成績は中よりやや上といった程度だったが、はきはきと物を言い、受《う》け狙《ねら》いの冗談《じょうだん》をはずすこともなかった。かといって、やたら目立ちたがるわけでもない。調子にのって周りから浮いてしまうようなマネは決してしない。

久利谷が「なかなかに、いいやつ」「かなりの優《すぐ》れ者《もの》」として教師からもクラスメートからも一目《いちもく》置かれるようになるまで、そう時間はかからなかった。

同じクラスとはいえ、自分とはまるで異なるタイプの久利谷に雄哉は興味がなかった、と言うか、別世界の住人のような気がしていたのだ。

その日、五月に入ってすぐの木曜日、昼休みの時間、図書室に章司がこなかった。毎週月曜日と木曜日のこの時間帯が雄哉たち一年三組の図書当番になっている（他にも二年一組と三年二組の委員が一人ずついるけれど、二年の図書委員は自転車で転んで入院中だった。つまり、月、木曜日は戦力的に一人足らないのだ。が、あまり気にはならない)。昼食後の二十分の休憩《きゅうけい》の間に、本の貸し出しや返却《へんきゃく》を受け付けたり、整理をしたり、図書カードを発行したりする。地味なわりに忙《いそが》しくて、気が抜けない。図書委員が不人気な原因も活動が地味なわりに忙しくて、気が抜けないところにあるらしい。

雄哉は地味なことも、忙しいことも苦にならなかった。図書室にいるときの緊張《きんちょう》感《かん》も好きだった。ささやかでも本に関わる仕事をしているのが、楽しかったのだ。

「深沢くんや眞野くんみたいに嬉々《きき》として動いてくれる子、なかなか、いないわねえ。なんだかこっちまで、嬉《うれ》しくなっちゃう。ありがとうね」

この前、司書《ししょ》の徳沢《とくざわ》先生が笑顔で褒《ほ》めてくれた。章司と二人、返却図書の整理を終えたときだ。先生は笑顔のまま首を回し、窓際の席で熱心に本を読んでいる生徒に声をかけた。

「ね、山田くん」

「はい?」

三年の図書委員、山田《やまだ》一夫《かずお》が読んでいた本から顔を上げる。ひょろりと背が高くて、耳を隠し肩につくほど髪が長い。鼻梁《びりょう》が通っているせいか眼鏡が似合っていた。

その容姿がどうのというより、あまりに単純で平凡《へいぼん》の極みのような名前がかえって印象的で、他の図書委員の誰より先に「山田一夫」を覚えてしまった。

「何ですか、先生?」

山田が眼鏡を押し上げる。徳沢先生はわざとらしく、大きなため息をついてみせた。

「きみみたいに、しょっちゅう図書室には来ているけれど、ちっとも働かない委員さんとは違うわねって、言ったの」

「ああ、そういうことか」

徳沢先生のストレートな皮肉をさらりと受け流して、山田は雄哉と章司に笑いかけた。

「きみたち、かなりの本好きだよな。がんばれよ」

「なに調子にのってるの。ほら、自分の読書は後回しにして。二人を見習って働け、働け」

徳沢先生が壁にかかっている箒《ほうき》を手に取り、山田に向かってゴミを掃《は》き寄《よ》せた。

「わっ、先生、ひでえなあ。生徒をゴミ扱《あつか》いですか」

「働かざる者、読むべからず、よ。こんど紙に書いて貼り出しとこうかしら」

二人のやりとりがおかしくて、雄哉は声をだして笑ってしまった。章司も笑っていた。ここは柔らかくて温いなと思った。

そんな図書室の雰囲気も好きで、気に入っている。居心地がいいのだ。章司も同じだと思う。一度も図書委員の活動を休んだことはなかったし、山田のように読書にかまけて仕事を疎《おろそ》かにすることもなかった。

なのに、その木曜日、章司はなかなか姿を見せない。すでに、休憩時間は十分以上過ぎていた。もうすぐ、午後の授業開始を告げるチャイムが響くはずだ。

「眞野くん、今日はお休みしてるの？」

パソコンに貸し出し状況を入力しながら、徳沢先生が訊《き》いてきた。

「いえ、学校には来てます」

「あら、じゃあ、図書委員の仕事だけパス？　珍しいわねえ」

徳沢先生はパソコンの画面から視線をはずし、雄哉を見た。

「眞野くんが、そんなことするなんて」

怒っているのではない、いぶかしんでいる。そんな口調《くちょう》と表情で先生は首を傾げた。

「なにか、あったの？」

「いや、別に……」

何もないはずだ。月曜と木曜は、早めに弁当を食べて図書室に来る。教室を出るとき、章司の姿を捜《さが》したけれど見つからなかったのだ。教室の中にはいなかった。

仲が良いといっても、女の子同士のように四六時中べったりくっついているわけではない。章司は美術部、雄哉は新聞部と部活も違っている。個々の都合で別々に動く方が多いぐらいだ。

もしかして、先に行っちゃったのかな。

そう思い、やや急ぎ足で図書室へと向かった。

章司はいなかった。五分たっても、十分たっても来なかった。

「眞野、来ないわけ？」

いつもの窓際の席から山田が声をかけてくる。雄哉はあいまいに、うなずいた。

どうしたんだろう？

少し不安になる。章司がここに来ないなんてよほどのことだ。

何かあったんだろうか？

「……あいつがふけるなんて珍しいな」

山田は徳沢先生と同じことを独り言《ひとごと》のように呟いた。

「ほんと山田くんなら、ちっとも珍しくないけどね」

先生が茶化《ちゃか》す。いつもなら適当に受け答えする山田が、無言のまま雄哉を見やった。本を閉じ立ち上がる。

「捜してくれば」

「え？」

「眞野が来ないなんて、なんかよっぽど……じゃないのか」

「よっぽどって……」

「よっぽどだよ。なにがどうよっぽどかわからないけど、さ」

そこで一息ついて、山田は雄哉を見つめた。

「捜してやれよ」

ぼそりと、やはり独り言の口調だった。それなのに、どんな大声よりも耳に突き刺さってくる。

捜してやれよ。

雄哉は図書室内に視線を巡らせた。読書机や書棚《しょだな》の前に十人足らずの生徒がいるだけだ。

「かまわないわよ」

徳沢先生が言った。

「ここはもういいわ」

「いいんですか？　まだ途中で……」

「ええ、だいじょうぶ。気にしなくていいわよ。後は全部、山田くんに頼むから」

「うへっ。おれっすか」

「当たり前でしょ。一年生がいなくて、二年生が欠席。となると、きみしかいないでしょうが。さてさて後輩《こうはい》に仕事をおしつけて、さんざん怠《なま》けていた分、きれいに清算してもらいますからね。たっぷり働いてもらいますよ。はい、ではまず手始めにそこの返却分、棚に戻しといてね。それから、雑誌のコーナーの入れ替え頼むわ。それから、学生新聞を整理して、それがすんだら……あっ雑誌や新聞の古いのはそれぞれ、ちゃんと紐《ひも》でくくっておいてよ。それとあとは」

「先生、きついっすよ。人使い荒すぎ」

「今までが甘すぎたの。文句言わずに、働く、働く」

先生と山田のやりとりを聞きながら、図書室を出る。

山田に言われたからだろうか、胸騒ぎがする。

何かよくないことが起こる予感。

自慢《じまん》にはならないけれど、雄哉の予感は、いい方にはかすりもしないくせに、悪い方ではやたら当たる。まったくもって、自慢にはならない。

図書室を出て、階段を降りる。一年生の教室がある西校舎への渡り廊下を過ぎ、今度は階段を昇ろうとしたとき、人声が耳に入った。

階段の下の用具置き場の陰《かげ》だった。

はっきりとは聞き取れないけれど、数人の男子の声だ。押し殺したような低い声ばかりだ。足音を忍《しの》ばせて、そっと近づいてみる。

「眞野、おまえなあ……」

章司の苗字《みようじ》が耳に飛び込んでくる。心臓がどくりと鼓動《こどう》をうった。

「こんなに頼んでるのに、だめなのかよう。一万円だぜ。たった一万円。この前は、貸してくれたじゃないかよう」

「そうだよ。気持ちよーく、素直に貸してくれてたよな。このごろ、付き合い悪すぎない？　ショージキちょっとむかついてんだけど、おれたち」

「黙っていちゃあ、わかんないだろうが。しょーじちゃん」

章司！

雄哉は息をのんだ。鼓膜《こまく》が内側から押し上げられる感覚がする。

章司は背の高い少年たちに囲まれて、雄哉のところからは頭の先ぐらいしか見えない。囲んでいるのは……。

久利谷たちだ。

もう一度、今度は唾《つば》をのみこむ。

「……いやだ」

微かに章司の声がする。ほんとうに微かに、だ。でも聞こえる。

「もう……無理だから……」

「はぁっ？　どういうこったよ」

「金とか……もってこれない。そういうの、この前でおしまいにするって……そう約束したじゃないか……」

「はぁ、そんな約束した覚えないけどな」

「そんな……したじゃないか」

「なにぐちゃぐちゃ言ってんだよ。マジでむかつくな、おまえ」

章司がまた何かを言った。久利谷の背中が動く。章司が壁に押し付けられた。すかさず、廣野瀬が足を踏みつける。石原が肘《ひじ》で小突く。慣れているのだろうか、滑《なめ》らかな動きだ。

かっ、感心している場合じゃない。

これはいじめだ。一方的に章司がやられている。しかも、脅《おど》されているじゃないか。

身体が震える。足が竦《すく》む。口の中が急速に乾いていく。

雄哉はこぶしを握りしめた。こぶしも小刻みに震えている。

「あれ？　あれあれ、こいつ泣いてんのかよ」

「あいかわらず、泣き虫だなあ」

「泣き虫、弱虫しょーじちゃん、泣いてばかりじゃ困ります。なんとか言ってちょーだいな」

石原が変に甲高《かんだか》い作り声を出す。

背筋がぞっとした。なのに額《ひたい》やわきの下に汗が滲《にじ》んでくる。

どうしよう。どうしたらいい？

ゴツンと鈍い音がした。

章司の頭が壁にぶつかったのだ。いや、ぶつけられたのだ。

ふっと動悸《どうき》がおさまった気がする。

捜してやれよ。

山田の言葉が耳の奥で揺れた。

腹に力を込めて、一歩、前に出る。

「章司」

震えないように声にも力を込める。

久利谷たちがいっせいに振り向いた。驚いたのだろう、三人とも大きく目を見開いている。いつもは、自分よりかなり年上に見えていた久利谷の顔までが、とても幼く思える。

「なにしてんだ、こんなとこで」

わざと朗《ほが》らかな声音《こわね》を出す。

「山田先輩や徳沢先生が、呼んで来いって。仕事がたまってんだ。だから……ずっと捜してたんだぞ」

けっこうすべすべと嘘がつけた。

久利谷の目が細められる。幼い表情が瞬く間に消えていく。

「ああ、深沢かぁ。びっくりさせんなよ」

唇がめくれて、口元だけの笑顔になる。細められた目は少しも笑っていない。

汗がまた滲んでくる。

雄哉は心持ち脚を開き、踏ん張った。

「久利谷、なにやってるわけ?」

久利谷の薄笑いが広がる。

「なにやってると思う?」

「え?」

「深沢は、おれたちが、ここで、なにを、やっていると、思う?」

一言、一言区切る奇妙《きみよう》な言い方で、久利谷が逆に問うてきた。

「そ、それは……」

まさかそんな質問をされるとは予想していなかった。

言葉に詰まる。

「え？　なに？　よく聞こえないんだけど」

久利谷が一歩、近づいてくる。目が合った。

逸《そ》らしちゃだめだ。

わかっているのに、雄哉は目を伏せてしまった。

ふふん。

久利谷が鼻の先で笑った。目を伏せていても感じ取れる。こぶしを握り、背筋を伸ばしたけれど遅かった。

久利谷の顔には雄哉を見下した表情が露骨《ろこつ》にうかんでいる。

「石原ぁ、廣野瀬ぇ、おれたちここでなにしてんだっけ？」

「遊んでる」

石原が答えた。

「そうそう、遊んでる。なにせ、昔から仲がよかったんで」

廣野瀬が続く。久利谷が肩をすくめた。大人のような仕草だ。

「ということ。わかった？　深谷くん」

雄哉は首をふった。

「そんな風には、見えなかったけど」

「はぁ？」

「遊んでるようには見えなかった」

はっきりと言えた。ほっとする。

「なーんだよ。その言い方。ちょっとむかつくんだけど」

久利谷が小さく舌を鳴らした。

「おれたち、おれも石原も廣野瀬も眞野も同じ小学校に通ってたんだぜ。知ってるだろ？」

「……知ってる」

「けっこう、仲良しでさ。よーくいっしょに遊んだわけよ。なっ、章司」

壁を背に立っていた章司の身体が硬直《こうちょく》した。返事はない。白目《しろめ》が光っているのは、泣いていたからだろうか。

章司の態度などまるで意に介《かい》さず、久利谷はしゃべり続けた。

「ところが、中学になったらよ、章司のやつ、付き合い悪くなっちゃってよ。ぜーんぜん、おれたちの相手してくれないわけ。そういうの、つらいでしょ。せっかく友だちだったのに」

章司が身じろぎする。その腕を石原がつかんだ。

「だから、こうやって、昔みたいに仲良くしようよってお話しをしていたわけ、です。アーユーアンダァスタンド、オーケィ？」

久利谷がVサインのつもりか指二本をつきつけてきた。一瞬、目玉を抉《えぐ》られる気がして、思わずあとずさりする。

「へっへえ。なにをびびってんだよ。深沢」

「……ともかく、章司は図書委員なんだ、仕事があるから図書室に行かなきゃならないし……」

「そんなもんより、友情のほうが大切でしょ」

「はっ、話があるなら、教室ですればいいだろ。こんなところで、こそこそ隠れて……それに、さっき章司を小突いたりしてたじゃないかよ。友だち同士になんか見えなかったけど。あれじゃ、まるで脅しているとしか」

口をつぐむ。

しまった、言い過ぎた。

慌てて、言葉をのみくだしたけれど、遅かった。

「脅してたぁ?」

久利谷の顔色がすっと白くなる。目じりと唇の端がひくひくと痙攣《けいれん》し始めた。

怖い。

「おい、深沢。なんだよ、それ。おれたちがカツアゲしてたとでも言うわけか?」

「カッ、カツアゲかどうかわかんないけど……でも、なんだか……脅しているように見えた」

久利谷の表情がどんどん険しくなる。逃げ出したかった。口を閉じて黙って背を向けたかった。しかし、雄哉はこぶしを固く握ったまま、動かなかった。

勇気を奮《ふる》い起《お》こしているわけでも、章司を助けようと固い決意をしているわけでもない（そんな気持ちもあるにはあったけれど）。開き直ったのだ。

どうせ口を滑《すべ》らせたんだ。ここで黙っても、言いたいことを言っても、結果は同じだ。何も変らない。

そう思った。

ここで黙って引き下がったとしても、久利谷たちは、雄哉を許しはしないだろう。逃げれば追いかけてくるだろうし、章司に八つ当たりすることも十分考えられる。

この数分の間に、久利谷たちが教室で見せるものとは別の陰湿《いんしつ》で粗野《そや》な面をもっていると、知った。だとしたら、逃げても無駄だ……逃げても無駄で……。

どうなるんだろう。

ふいに不安が重い風になって胸の内で渦巻《うずま》いた。木枯《こが》らしの音が聞こえてきそうだ。

開き直って、言いたいこと、言うべきことを口にするのは簡単だ。だけどその後、どうなるんだろう。

ヒューヒューヒュー。

風の音が聞こえる。

「おい、深沢。言っていいことと悪いことがあるだろうが。おれたちをハンザイシャ扱いするわけかよ」

胸元をつかまれる。喉を絞め上げられ、息が詰まった。

「おーい、一年生。もうすぐ、午後の授業が始まるぞぉ。チャイムが鳴っちゃうぞ」

張り詰めた空気とはまったくそぐわない、間延びした声がふわりとかぶさってくる。

「……山田さん」

山田一夫のひょろりと細長い姿があった。

久利谷の手が離れる。喉元が軽くなる。階段下のほこりっぽい空気が気管支《きかんし》に流れ込んで、雄哉は咳き込んでしまった。

ちっ。

小さく舌打ちして、久利谷が手を放す。山田の傍らをすり抜けて去っていく。石原と廣野瀬も後に続いた。

「だいじょうぶか」

山田が少し屈《かが》みこんで、眉を寄せた。

「かなり、やられちゃった？」

「おれは、それほどでも……」

俯いたままの章司を見やる。

「章司……あいつら」

「雄哉、ありがとう」

顔を上げ、章司は呟くように言った。涙のあとが頬に残っていた。

「礼なんていいけど……おまえ、いつも……あんなことを」

章司は首を横に振った。

「小学校のときは……そんなことなかった。同じクラスになったこと……なかったし。ほとんど中学に入って……まだ雄哉とそんなに親しくないころ……なんか、やっぱ一人だと心細くて、久利谷たちが声をかけてくれて……いっしょに遊んだりした」

「なるほど、最初は友だち風、だったんだ」

山田が顎に指をのせて、ゆっくり頷く。

「友だち風？」

「そっ。友だち風。よくあるだろ、宮殿風《きゅうでんふう》レストランとか、ハワイ風パイナップルジュースとか、スパゲティ風焼きそばとか」

「スパゲティ風焼きそばは、聞いたことないですけど」

「あれ、そうか？　ともかく、○○風ってのはちょっと見、○○に似ているけど、○○とはまったく違うもの、だろ。つまり、久利谷っていうの？今の連中は、眞野にとって友だち風だけど、友だちじゃなかった」

「なんか、ややこしいですね。でも、何となくわかりますけど」

「何となくわかれば上等。で、眞野、その友だち風の連中としばらく一緒にいたけど、やはり風は風だから、おまえはやつらと一緒にいるのがだんだん嫌になってきた……て、とこか」

山田の声は単調で感情はほとんど込められていないようだった。そのくせ柔らかくて心地よい。

「はい。久利谷たちといても、あまり楽しくなくて。そのころ、雄哉といろんな話ができるようになっていたし、図書委員にもなって、なんか、そっちの方がずっと楽しくて……いつの間にか、久利谷たちと離れるようになって……そしたら、この前……」

キーンコーンカーンコーン

キーンコーンカーンコーン

午後の始業を告げるチャイムが頭上から降るように響いてきた。教室へ向かう足音や話し声で、にわかに周りが賑やかになる。

「一週間前、放課後に……やっぱりここに無理やり連れてこられて……仲間から抜けるんだったら、手切れ金を出せって言われて」

「手切れ金。そりゃあまた、古風だな」

山田がくすりと笑う。雄哉は笑う気など、僅《わず》かもわいてこなかった。

「章司、そのとき……金、渡したのか」

「うん。小遣《こづか》いもらったばっかりだったし、お祖母《ばあ》ちゃんが本代をくれて……それを全部……」

「いくら?」

「五千円」

山田がうーんと唸《うな》った。

「なかなかの額じゃないの」

「はい……」

「それを全部、渡しちゃった?」

「はい……」

「そっかぁ。渡しちゃったか」

山田は天井を仰ぐようにして、軽くため息をついた。頭の後ろを掻《か》く。

「うーん、なめられちゃったかな。こいつ、ちょっと脅せば何でも言うことを聞くぞみたいな。そういうの、まずいよな。一度なめられちゃうと……うーん、だから最初って、大切なんだよな」

章司はまた、うつむいてしまった。顔が赤らんでいる。自分を恥じているのだろうか。脅されて、唯々諾々《いいだくだく》と小遣いを全額渡してしまった己の弱さを、恥じているのだろうか。だけど……。

自分だったら、どうしただろう。

雄哉は考えた。

久利谷たちに囲まれて脅されたとしたら、どうしただろう。毅然《きぜん》と拒《こば》むことができただろうか。三人に前を塞《ふさ》がれ、それでも従わずにいられただろうか。

無理だと思う。

「山田さん、おれたち、そんなに強くないから……」

言葉が口からほろりともれた。山田が瞬きする。少し慌てたのか、扇《あお》ぐように右手を横に動かした。

「あ……うん、そういう意味じゃなくて、別におれ、眞野を責めてるわけじゃないんだけど。ただ、なんでも最初が肝心《かんじん》、この鉄則、覚えてて損はないからさ」

「最初が肝心……」

山田がにっと笑った。人懐《ひとなつ》っこい笑顔だ。見ていると心が緩《ゆる》んでくる。

「まっ、最初でミスっても取り返しはつくから。あんまし、深刻に考えんなよ」

まるで入試の心得《こころえ》みたいなことを言う。

「それに今回は、完全キョヒったわけだから。それはよかったと思うし。金はな、渡せば渡すだけ、どんどんエスカレートしちゃうこと多いんだ。どっかで、きっぱりキョヒらないと」

雄哉は曖昧《あいまい》にうなずいた。

「今回は拒否できたけど、次はどうなるか……」

「それでも」

山田が指を一本たてる。長い形のいい指だった。見たことはないけれど、一流のピアニストの指ってこんな形をしているんじゃないだろうか。それとも、一流のマジシャンかも……。

「できるだけキョヒる。絶対に言うことを聞かない。こーいうのって、一度、力関係ができちゃうと脅す方も脅される方もなかなか抜けられなくなっちゃうんだよな。よーするに、パターンができちゃうわけで。まずはそのパターンを作らない、作らせないってのがコツなんだ」

「はぁ……コツですか」

いじめを受けないためのコツ？

いじめを長引かさないためのコツ？

「先輩、そのコツって」

「おーい、山田」

階段の手すりから、四角張った大きな顔がのぞいた。

「なにやってんだ。早くしないと、遅刻《ちこく》だぞ。次、数学だし。おまえ、もう予習プリント提出したか？」

「あっ、忘れてた。木ノ内、頼む。うつさせてくれ」

「あほっ。おれはおまえを頼りにしてたんだぞ」

山田は雄哉たちに向かってひらりと手を振った。

「まっ、今のところは何とかなったわけだから、よかったってことで。ちょっと様子見ってとこだな。なんかあったら」

相談にのるよ。そう、続けてくれるのかと思った。しかし、山田は、長い人差し指を上に向けて、

「空でもゆっくり見たら、気が晴れて、いいアイデアでも浮かぶかも。あまり焦ってもしゃーないからよ。じゃあな」

山田が足早に立ち去っていく。雄哉はちょっと拍子抜けしてしまった。

久利谷たちがこのまま引き下がるとは思えない。山田が言ったとおり、今のところ、何とかなっているに過ぎない。

明日は？

明後日《あさって》は？

一週間後は？

頭の上に大岩が乗っかったような不安がある。山田が全部を取り除いてくれると

は思っていないけれど、力になってくれるとは期待していた。

それが、あっさり、「じゃあな」とは。正直、がっかりする。山田に対する落胆《らくたん》

がさらに不安を重くするようだ。

「ごめんな。雄哉を巻き込んじゃって」

章司が言った。

「気にすんなよ。山田さんの言うとおり、焦ってもしかたないしさ。気楽にいこ

う」

章司の肩に手を置き、わざと朗らかな声を出す。我ながら、無理して格好つけて

いるなとは感じるけれど、ここでしょぼくれていては、二人ともさらに落ち込むだ

けだ。

「なんとかなるさ。いざとなったら、全部を先生に報告したらいいし。だいじょう

ぶ。だいじょうぶ」

「うん……」

「よしっ、じゃあ、行こう」

また、うつむきそうになる章司の背中を押して、歩き出す。

だいじょうぶ、だいじょうぶ。

自分に向かって、言い聞かす。

だいじょうぶ、だいじょうぶ。たいしたことにはならないって。

何度も言い聞かす。無理にでもそう思わなければ胸の内が塞ぎ、息がつまりそうになる。心に重石をつけられたみたいにどんどん沈みこみそうになる。

だめだ、だめだ、こんなことじゃだめだ。

章司に見られないように雄哉はそっと首をふってみた。悪い方にばっかり考えちゃだめだ。久利谷たちだって明日になれば意外にあっさり笑ってるかもしれないし……そう、何て言ったかな、あれこれ無用の心配をするより、やってみると案外うまくいく、ということわざ……そう、案ずるより産むが易しだ。

そこまで考えて、雄哉は自分を励ますために背筋をまっすぐに伸ばしてみた。これはノッチからの直伝《じきでん》だ。

〝悩んだり、落ち込んだりした時は、背中をしゃんと立てて、なるべく遠くを見る。うつむいている時より元気が出るぞ〟

ノッチが言うと妙な説得力があった。

背中をしゃん。遠くを見る。そして言い聞かす。

だいじょうぶ、だいじょうぶ。

しかし、だいじょうぶではなかった。案ずるより産むが易しどころでは、なかった。

次の日の朝から久利谷たちの執拗《しつよう》ないやがらせが始まったのだ。

まずは、朝。登校してすぐ昇降口でのことだった。

「おはよう、深沢」

声をかけられ、肩を抱かれる。

「今日もいい天気じゃん。ご機嫌か？」

久利谷だった。ある程度、覚悟はしていたけれど、身体が硬直する。動悸が激しくなる。

「なあなあ、深沢に相談があるんだけど」

いつの間にか横に石原と廣野瀬が並んでいる。

「相談……」

「そう、章司のことだけど、あいつ、親から預《あず》かった塾《じゅく》の月謝《げっしゃ》、無くしちゃったらしいんだ。封筒《ふうとう》ごと落っことしたらしいんだよな」

嘘だとすぐにわかった。嘘かどうかなんて、久利谷たちには関係ないこともわかった。

「それで、みんなでカンパしてやろうってことにしたんだけど、深沢も協力してくれよ」

石原が指を三本、突き出す。

「とりあえず、三万でどうだ」

久利谷はにこにこ笑っている。石原も廣野瀬も笑っている。朝の光が降り注いで、三人の笑顔を明るく照らしていた。何気なく見れば、楽しい話題で盛り上がっている仲間のように思えるかもしれない。肩に回った久利谷の手に力が入る。

最初が肝心。

山田の言葉が浮かんでくる。頭の中にぽこりと浮かびあがる。

そう、最初が肝心なんだ。

「嫌だ」

「は？　いや？」

「そんな大金、もってないから」

「深沢、おまえ冷てえなぁ。まっ、いいや、じゃあ、この話はなし。しょーがねえよなあ、おまえらの友情もたいしたことないや」

くすくす。

久利谷が笑う。

練習でもしているのだろうか、石原も廣野瀬もそっくり同じ笑い方をした。

くすくす、くすくす。

「深沢が冷たい人間ってのは、わかった。それとは別に、もうひとつ話がある」

そこで久利谷の声がすっと低くなる。同時に脇腹《わきばら》に鈍い衝撃《しょうげき》がきた。

ぐっ。

久利谷のこぶしがめりこんでいる。肩を抱かれているので、ひざをつくこともできない。

「五万、用意しろ」

低い声が耳にねじこまれてくる。ドスがきいているというやつだろう。大人の男に脅されているみたいだ。そう感じるだけで、身がすくむ。心もすくむ。

「五万……」

「火曜日までまってやる。必ずもってこいよ」

ふいに愉快《ゆかい》そうに笑うと、久利谷は雄哉の背中を叩いた。かなりの力だった。背骨までじんと痛みがしみてくる。

「じゃあ、先に行くな、深沢。あっ先生、おはようございます」

「おう、おはよう。はは、おまえたち、今日も元気だな」

「元気ですよ。天気がいいし、なんかわくわくしますね」

「そうだな。ほんとにいい天気だ」

「こんな日は、体育ばっかだといいんだけどな」

「こらこら、久利谷、そういうわけにはいかんぞ」

学年主任の江島《えじま》先生がからからと笑い声をたてる。久利谷たちも、屈託のない明るい笑声《しょうせい》をあげた。

背筋が冷えていく。

江島先生だけでなく、この学校の教師にとって久利谷は申し分のない「良い生徒」なのだ。昨日、章司には、いざとなったら先生に訴《うった》えればいいと慰めたけれど……。

そういうの無理かもしれない。

雄哉は、脇腹をおさえた。まだ、疼《うず》いている。

久利谷を信用している教師たちが、自分や章司の言葉をまるごと信じてくれるだろうか？

信じようとしても、久利谷に上手くごまかされてしまうんじゃないだろうか？

ずくんずくん、脇腹が痛い。

なんだか、本当にとんでもないことになってしまった。

その日もそして週明けの今日、月曜日も久利谷たちは巧妙《こうみょう》に、執拗に雄哉をさいなみ続けた。わざと足をかけて転ばす。体操着の背中にそっと泥をぬりつける。上ばきの中にガラスの欠片《かけら》を入れる……次から次へと、攻撃してくるのだ。さいなんでくる。

さいなむ。やや大仰《おおぎょう》で古くさいこの言葉が、ぴったりとあてはまる行動だ。

「深沢、五万だぞ」

「用意しないと許さないからな」

「殺すぞ」

「死ね」

　傍らを通り過ぎながら、あるいは、何気なく近づいて、久利谷たちは言葉でもなぶり、さいなんでくる。

　今日の昼休みには周りを取り囲んでさも談笑しているように見せながら、脇腹や腹部をこづき、足の先を踏みつけてきた。あるいは腕や太腿《ふともも》をつねる。痛いけれど、痣《あざ》になるほどではない。証拠を残さないつもりなんだろうか。

　なんでこんなに上手いんだよ。

　感心してしまう。同時に、覚悟していた以上にたいへんなやつらに睨《にら》まれてしまったと、心が冷えていく。

　しかし、雄哉の心を冷え冷えとさせたのは、久利谷たちの行動だけではなかった。

章司の態度がおかしいのだ。

雄哉の方を見ようとしない。視線を合わそうとしないのだ。話しかけようとすると、横を向く。全身で拒否を表している。前日のことがショックでおびえているのかとも思ったけれど、月曜日も同じだった。雄哉を無視し続ける。昼休みも放課後もいつの間にか姿が見えなくなって、図書室にも来なかった。

なんだよ、あいつ。

怒りと不安と焦《あせ》りに、胸の内が波打つ。

どんな困難な状況でも、いや、困難な状況だからこそ、一人じゃないと思えることは力になる。誰かといっしょだと思えば、勇気も希望も涸《か》れることはない。困難から抜け出す道を見つける可能性だって高くなる。

それなのに……。

章司は明らかに雄哉を避《さ》けていた。

「あれ、眞野、またパスかよ」

図書室にいくと、山田が雄哉の傍らの誰もいない空間をちらりと見やって、眉をひそめた。

「ええ……なんか……」

「なんか？」

「おれを避けてるみたいで」

「避けてる？」

「そうですよ。なんか、おれのこと無視して、話とかも全然してこなくて、話しかけても横を向いちゃって……くそっ、なんだよ、あいつ。むかつく」

言葉にすれば、余計に苛立ちがつのる。

章司、どういうつもりだよ。

「ふーん、避けてるね。あっ、これ頼むわ。インデックスごとに分けてくれよな」

どさりと本を渡される。紙の匂いがした。ちょっと元気が出る。しばらくの間、雄哉は本の整理に専念《せんねん》した。

「山田先輩」

だいたいの仕事が終了したとき、山田に声をかけてみる。

「うん？」

「空を見るのって、効果があるんですか？」

「うん？」

「この前、言ったじゃないですか。空でも見たら気が晴れるって」

「ああ……それね。うん、けっこういいと思うよ。やってみたら」

山田は本に夢中になっているらしく、開いたページに目を落としたまま、おざなりな返事をしただけだった。

やっぱり、頼りにならないか。

ため息が出る。

それでも、放課後、屋上にのぼってみようと考えたのは、山田の言葉がどこかに引っかかっていたからだろう。

確かに、屋上のフェンスをつかんで、夕暮れ時の街の風景や暮れなずむ空を眺めていると、心のつかえがほんのちょっぴりだがとれたような気がした。ほんのちょっぴりだけ……。

しかし、久利谷たちはここまでやってきた。久利谷たちは、いい。執拗で残酷《ざんこく》で悪魔《あくま》みたいなやつらなのだ。だけど、章司は……。

「おまえなんか、最低だ」

うなだれている章司を罵倒《ばとう》する。頭の中が熱い。

こんな裏切りって、あるか。

「最低だ。ぜーったい、最低だ」

立ち上がり、息をつく。怒りのために目眩《めまい》がしそうだ。久利谷たちは去ってしまったのか、声も足音も聞こえなくなった。屋上には風だけが舞っていた。

「雄哉……あの」

「いい、もう、いい。おまえみたいなやつと口なんかききたくない。どっかに行っちまえ」

「雄哉……」

「早く、久利谷たちを追っかけろよ。あいつらが怖いんだろ。なんでもかんでも、言うこと聞けばいいじゃないかよ。おれは、もう、おまえのことなんか」

「はい、ストップ」

パンパンと手を打つ音が響いた。

「山田さん」

貯水槽の陰から山田が現れる。もう一度、大きく柏手《かしわで》を打つように手を合わせた。いい音がする。

「はい、そこまで。それ以上は口を閉じておけ、深沢」

「山田さん……ずっと隠れてたんですか」

「ちょっと、ちょっと、ちょっと。人聞きの悪いこと言うな。ここは、おれのお気に入りの場所なんだぞ。図書室の次ぐらいにな。放課後はたいてい寝転びに来てる。あっ、時季のいいときだけな。さすがに、真夏や真冬は厳しいから」

「あの、じゃあ、さっきからの……」

「うーん、まぁ何となく聞いてた。かなりの知能犯だな。いじめ上手な連中だ。ほとんどプロってる」

「いじめのプロなんて、あるんですか。いいかげんなことばっか、言わないでください」

「おいおい、そんなに怒んなよ。機嫌悪いな」

「あんな目にあったのに、にこにこしていられるわけないでしょ。あいつら、ほんとに汚いんだ。他からはわからないように、抓ったり、足踏んだり、パンチいれたりして……」

雄哉は章司に顔を向け、唇をかんだ。

「まさか、章司まであいつらの仲間になるなんて」

「それ、ちがうんじゃないのかなぁ」

山田がすっと目を細める。

「相手はほとんどプロだろ。深沢をいじめるためにいろんな手をつかってくる。身体だけじゃなくて、心のほうも痛めつけようとする」

「え？　ちがう？」

山田はこぶしを作り、自分の胸を軽く叩いた。

「どんなに陰険にいじめても、おまえたち二人がいっしょなら、効果は半減する。逆に、二人をばらばらにして、信頼を断ち切れば、効果は倍増する。そうだろ、深沢。おまえ、眞野に裏切られたって思ったときが一番、つらかったんじゃないのか」

確かにそうだ。

「なあ、眞野。おまえさ、あいつらに脅されたんだろう。おまえが言うことを聞かないと、深沢をぼこるとか、そんなふうに言われたんじゃないのか」

雄哉は目を見開き、山田を見た。それから、章司に視線を移した。首の付け根がぎしぎしと音をたてているみたいだ。

「……章司、そうなのか……」

章司は空気の足らない金魚みたいに、半ば目をあけ荒い息をしていた。

「章司、どうなんだよ。言えよ」

肩をつかみ、ゆする。

「おいおい、そんなにゆすっちゃ、眞野が舌かんじゃうぞ。しゃべりたくてもしゃべれないだろうが」

山田が苦笑する。雄哉は息を吐き、手を放した。

「章司、話してくれよ……頼む、本当のこと話してくれ。おれ、知りたいんだ」

「あ……けど……」

「おたがい、黙って、相手の様子をちらちら見るのなんて、もうやめよう。なっ、章司。おれもちゃんとしゃべるから、おまえも話してくれよ」

章司が顎を引いた。身体の横でこぶしを握る。

「……うん。木曜日の夜に久利谷から電話があって……、雄哉と口をきいたりしたら……雄哉をひどい目にあわすぞって……連絡も一切するなって……。おれ、どうしていいかわからなくなって……電話しようかと思ったんだけど、もし、久利谷たちにばれたらと思うと……ごめんな、雄哉。おれ、本当に、弱くて……雄哉はちゃんと守ってくれたのに、おれ、守れなくて……」

章司の目から涙が一粒《ひとつぶ》、零《こぼ》れておちる。それを手の甲で拭《ふ》く。泣いたことを恥じるのか、頬が赤く染まった。

「よかったな、深沢」

山田がにやりと笑った。なんだかいろんな笑い方ができる人だな。なんとなく感心してしまう。感心している場合ではないのだが、山田の笑みにはなぜか無条件にひきつけられてしまう。

「眞野は、おまえを裏切ったんじゃなくて、守ろうとしたんだ。まっ、正直に言わせてもらえば、さっさと深沢に連絡して、善後策《ぜんごさく》を練ればよかったんだよな」

「……怖かったんです。久利谷たちにばれて雄哉がぼこぼこにされたらって……考えたら怖くて、言うなりになるしかなくて……」

山田が大きくうなずいた。

「思考力が弱くなってるわけだ。追い詰められると、いつものように冷静な判断ができなくなる。それで、ずるずると相手の言いなりになっちゃうんだよな」

「なんでだようっ！」

叫《さけ》んでいた。感情が渦巻き、ぶつかり、砕《くだ》け散《ち》る。凶暴《きょうぼう》といえるほど荒々しい激情がつきあげて、身体さえも浮き上がりそうだ。

色のはげたプランターを蹴り上げる。プラスチックの欠片がコンクリートの上を回転しながら滑っていく。

「なんなんだようっ。ちくしょう。なんで、こんなことが平気でできるんだ。ばかやろう」

プランターをさらに蹴り上げる。さらにさらに蹴り上げる。蹴り上げる。蹴り上げる。そして叫ぶ。叫ぶというより、喚《わめ》いていた。吼《ほ》えていた。

生まれてから今まで、こんなに憤《いきどお》りを感じたことはなかった。感情に突き上げられ大声をあげたことも初めてだった。

卑怯だ。卑怯だ。

こんな風に他人をもてあそぶなんて、追い込むなんて、追い込んでにやにや笑っているなんて卑怯だ卑劣だ。

身体の中に嵐ができる。ごうごうと風が渦まく。久利谷が許せない。石原が、廣野瀬が許せない。そして章司をちゃんと信じきれなかった自分自身が許せない。息が切れた。動悸がする。心臓が破裂しそうなほどだ。

「プランターに八つ当たりしても、しょーがないでしょ」

いつもとかわらぬ調子で言うと、山田はプランターの欠片を拾い集めて、一箇所《いっかしょ》に重ねた。

「こういうの見られると、また言われるわけよ。『おまえ、学校の備品を壊《こわ》したろう』って。なっ、深沢、眞野」

山田が前髪をかきあげる。

意外に鋭い眼差《まなざ》しが雄哉と章司に向けられた。

「今、おまえらに一番大切なのは、落ち込んで泣くことでも、怒りまくって何かに八つ当たりすることでもない。冷静になることだ。冷静沈着。頭を冷やして考える。そうしないと、相手のペースにはまって、ますます追い詰められていくだけさ」

冷静沈着。

「そんなの、無理……です」

まだ息があがっている。こめかみを伝う汗をぬぐって、雄哉は繰り返した。

「無理です。冷静になんて、なれない」

「そうかぁ」

山田が幼い子どもみたいな仕草で首を傾けた。眼差しがふるりと柔らかくなる。

「おれ的に言わせてもらえば、深沢も眞野もどっちかっつーと、冷静な質《たち》だろ。深沢、今みたいに我を忘れて怒りまくるなんて、久しぶりなんじゃないの」

「……初めて、です」

「だろ。眞野だって、今はテンパって頭が回らなくなってるけど、じっくり考えるの嫌いじゃないよな」

「はい。どちらかというと、あれこれ考えるの……好きです」

「うんうん、けっこう、けっこう。じゃあさ、二人とも冷静に、冷静にあくまで冷静に対処する。冷静にならなきゃ、見えてこないものがあるんだ。そこんとこポイントとして覚えておけ」

山田が指を一本、立てる。

冷静になったからといって、何がどう解決するだろうか。何が見えてくるというのだろう。明日も明後日も、久利谷たちのいじめは続くはずだ。

「あの……冷静はいいけど……そうしたら、何か解決策が浮かんでくるんですか」

章司が雄哉の胸の内にあることを言葉にしてくれた。

「たぶん」

「どんな方法が？」

「わかんない」

雄哉と章司は顔を見合わせた。

章司と目を合わせるのは久しぶりの気がする。

「……わかんないわけ、ですか」

露骨《ろこつ》に落胆の調子をにじませてしまったが、山田は一向に気にする様子はなかった。

「わかんないさ。こういうときの解決策ですなんてマニュアルがあるんなら、いじめなんかとっくになくなってるさ。マニュアルなんてない。それぞれに対応しなくちゃいけないから、大変なんだよ」

「……はぁ」

山田の言うことは的を射ているようであり、まるっきり外れているようでもある。この人、頼りになるのか、ならないのか、まるでつかめない。

「はい、深呼吸」

唐突に山田が両手を広げる。

「吸って、吐いて、吸って、吐いて」

つられて深呼吸してしまった。なんだか、おかしい。雄哉より先に章司がふきだした。一拍おくれて、雄哉も笑ってしまった。

「うん、よしよし。笑えるってことは、余裕ができたってことだよな。テンパったら、まずは深呼吸。そして、笑ってみる。これでかなり、落ち着くから。さてさて。じゃあちょっと座れ」

床に座り込むと、山田は足元に放り投げてあったカバンからノートを取り出した。ごく普通の、大学ノートと呼ばれているものだ。

「おまえたちさ、あいつらのこと、誰かに相談するか？　大人側にさ。家族とか、センセとか」

もう一度、章司と顔を見合わせる。どちらからともなく、かぶりを振っていた。

知られたくない。

家族には知られたくない。

強くそう思ってしまった。

姉たちの顔が浮かぶ。妹の、父の顔が揺れる。

うまく言葉にはできないけれど、知られたくない。心配かけたくない。自分の悩みや苦しみや傷を晒したくない。

心配かけたくない……心配されたくない、労られたくない、騒がれたくない、憐《あわ》れまれたくない。

ちゃんと話してね。

晴香に言われた。うんとうなずいた。だけど、やっぱり話せない。こういうのをプライドって呼ぶのだろうか。

「そっか。本当は誰か信用できる大人に相談するのが一番の早道なんだけどな。そーいうの口で言うほど簡単じゃないよな。こだわりなく、かつ、安心して相談できる大人っての、希少動物《きしようどうぶつ》なみに出会うのムズイからなあ。うーん、だとしたら」

山田の指がくるりとシャープペンシルを回す。器用な動きだ。

「だとしたら、自分たちで何とかするしかないってこった。まっ、おまえたちは二人だから、その点、楽だよな」

「楽、ですか？」

　今の状況を楽というには、いささか抵抗がある。

「楽さ。一人っきりより、ずっと楽だ。向こうはそれを知ってるから、おまえたちをばらばらにしようとしたんじゃないか」

「二人だと楽、か」

「そう。一人だとやっぱしんどいから、ぎりぎりまで無理しない方がいいんだ。早めにSOS出した方がいい。だけどまあ二人なら……」

「なんとかなりますか？」

「わかんない」

「はぁ、やっぱりわかんないわけか……」

「そんなに、露骨にがっかりした顔するなって。深沢は思ったことを正直に顔に出しすぎ。ついでだけど、眞野はうつむきすぎ。そーいうの、やつらから見たらおもしろくてしょうがないんだ。反応が素直に返ってくるわけだから。逆にいえば、反応しないでおくと、つまらなくなって手を引くってことも、ないわけじゃない、つまり、あるわけ。今回は、それほど甘い相手でもなさそうだけど。ところで、おまえら、金、持ってる？」

「金……」

腰が浮いた。章司も傍らで息を吸い込む。

「あっ、ちがう、ちがう。別におれまでカツアゲしようってわけじゃないから。ノート買う金があるかって、聞いたわけ」

「ノート？」

「そっ、フクシュウノート」

「復習って、なんの復習ですか？」

「は？　ちがうって、予習復習じゃないって。おまえ、ほんと真面目だな。復讐《ふくしゅう》、仕返しのことだよ。復讐ノート」

「復讐ノート？」

復讐とノートがうまく結びつかない。

「ノート代だから二百円もあれば足りるだろう。どんなやつでもいいんだ。書きやすければ、な」

「なにを……書くんです」

　章司がおそるおそるといった風に尋ねる。山田がこれから何を言い出すのか、雄哉には（おそらく、章司にも）予想がつかない。

「復讐計画」

「復讐計画？」

「そっ。おまえたち、あいつらに復讐したいんだろ。ちがうか？」

「そりゃあ……」

「腸《はらわた》が煮えくり返るっていうぐらい、頭にきてんだろ」

「そりゃあ……そうです」

「かわいそうなプランターに八つ当たりして、めちゃくちゃに壊しちゃうぐらい腹をたててんだろう」

「……あとで、弁償《べんしょう》します」

「いや、別にいいよ。おれのじゃないし。ただ、さっきも言ったように感情的になっちゃうと相手に弱味を摑まれ易くなる。これ、気をつけなくっちゃね」

「はぁ。けど……なかなか冷静でいるのって難しくて……普通じゃないんだし……やっぱ、イライラしたり、落ち込んだりするの当たり前だと……」

パチッ。軽く乾いた音がした。山田が指を鳴らしたのだ。

「だから、ノートがいるわけ。感情を落ち着かせるために、な」

「はい？」

「説明する。一度しか言わない。よく聞け」

山田が空咳を一つした。雄哉は知らず知らずのうちに身を乗り出していた。章司もまったく同じ姿勢になっている。

「おまえたちは、あいつらに酷《ひど》い目に遭《あ》わされた。仕返ししてやりたいだろう。だけど、どういうふうにやる？　同じように脅すか、罠《わな》をしかけるか？　誰かに頼んでぼこぼこにしてもらうか？　身体中に痒《かゆ》い痒い発疹《ほっしん》が出るような薬を飲ませるか？」

「そんな薬、あるんですか？」

「例えばだよ、例えば。おまえたちがどんな復讐をしたいか。まずはそれをノートに書く。箇条書《かじょうが》きでも、書きなぐってもかまわない。頭に浮かんだ復讐方法をともかく、どんどん書いていく。かたっぱしから書いていく。その次にそれを実現の可能性がありそうな順に並べていくんだ。そしたら、まぁ『ライオンの群れの中に裸《はだか》で放り込む』とか『ジャンボジェットの尾翼《びよく》にくくりつけて、ニューヨークまで運んじゃう』なんてのは、最後の方になっちゃうだろう」

雄哉は身を起こし、章司に顔を向けた。

「そんなこと、たぶん、おれたち考えませんけど、なっ」

「うん。復讐計画というより、ほとんど冗談みたいで……」

章司も首を傾げる。

「だから、例えばだよ、例えば。妄想《もうそう》に近いのはどんどん後ろに回して、あるいは除外して、これは案外実現しやすいぞって計画を二つ、三つに絞《しぼ》り込《こ》むわけよ。それから、それをさらに細かく考えていく。復讐計画ができあがったら、次にそれを、具体的にどう遂行《すいこう》するか考える。できるだけ緻密《ちみつ》に、な。決して失敗しない、かつ、効果的な復讐方法を考えるんだ」

決して失敗しない、かつ、効果的な……やっぱり、復習のやり方を講義されているみたいだ。

「それで……あの、もし、その復讐計画ができあがったら」

章司の身体に力がこもる。反対に声は小さくなった。

「……実行するんですか……」

山田は否定も肯定《こうてい》もしなかった。

「まずは、書いてみろ。あんまり、ごちゃごちゃ考えずにな」

明日の天気を占うように、あっさりとそう言っただけだった。

だって……考えないわけにはいかないでしょ。

心の中のつぶやきが聞こえたはずはないのに、山田は顔をしかめて、かぶりを振った。長い髪が耳の横でさらさらと揺れる。

「まずは計画を練り、書くことが大事なんだよな」

「……そうなんですか」

「そうだよ。まっ、騙《だま》されたと思ってやってみろ。別に、今より悪くなることはないんだから」

今より悪くなることはない……なるほど、そうだな。うなずきそうになる。

山田の物言いは、淡々としてちっとも押し付けがましくないのに、いつの間にか納得させられている気がする。

「だけど、雄哉、金……どうする」

章司に言われ、雄哉は小さく声をあげてしまった。

そうだ、五万円。

明日までに用意しろよ。

久利谷の脅し文句を思い出す。

用意できなかったら、なにをされるか……。

「だめですよ。山田さん……。ノートになにをどう書いても、結局、なんにも解決しない」

「焦るなって。おれは別に復讐ノートで全部が上手くいくなんて、言ってないから。ただ、今のおまえみたいに、マイナス思考だと、それこそ、なんにも解決しないぞ。自分で自分を追い込まないこと。絶望しないこと。自棄《やけ》にならないこと。自分を保つこと」

山田の長い指が一本ずつ折り込まれていく。

「そのためのガス抜きにノートは有効なんだ。むろん、それだけでは現実の問題は解決しない。深沢は明日までに金をもってこいと脅されている、それをどうするか」

　折った指を一気に広げ、山田は顎《あご》を引いた。

「どうしたらいいと思う？」

「いや、それは……どうしていいかわからないから悩んでいるわけですから……」

「あっ、まぁ確かにそうだな」

「山田さん……」

　この人、ほんとうに掴みどころのない人だなあ。

　と、思う。思いながら、少し前、屋上で夕焼けを眺めていたときより、心が軽くなっているのに気がついた。あのときは一人だったけれど、今は三人いる。状況は変わっていないが、みんなで難問を解こうと額を寄せ合っているような安心感があった。おもしろい遊びを始める前の高揚感《こうようかん》さえ、ちょっぴりだけど味わっている。

　鬱々《うつうつ》と暗い気持ちを抱え込んでいたさっきまでとは、明らかに違う。

　なるほど、一人じゃないってのは、こういうことか。

「なんとか時間稼《じかんかせ》ぎしろ」

山田の視線が雄哉の顔に注がれる。

「せめて一週間、時間を稼ぐんだ。何とか上手い理由をつけて、な。できるか？」

「……できると思います。だけど一週間、時間を延ばして、どうするんですか？」

「探る」

「探る？　なにを？」

「あっちの弱点」

「弱点、久利谷の？」

「そうさ。俗に言う鏡返し。向こうが脅してくるなら、こっちも同じように返せばいい。相手の弱点をつかむんだよ。それを押さえれば、勝機はこちらにありって、ね。そのためには、探りを入れなくちゃ」

「探偵《たんてい》みたいですね」

「まっ、似たようなもんだな。相手のことを知れば対策を立てやすくなるし、よりリアルな復讐計画が作れる」

「へぇ、そんなもんなんだ」

「そんなもんです。眞野」

名前を呼ばれ、章司がまっすぐに背筋を伸ばした。

「はい」

「おまえさ、もう少しがまんして、あいつらと付き合え」

「え……」

「あいつらがなにを考えているか、どんな行動をしているか、探るんだよ。難しいことじゃない。話していることを注意して聞くだけで、情報は集まる」

「はい、おれ、黙って聞いているのは得意です」

「上等。だけど、聞いているだけじゃなくて、ちゃんと内偵《ないてい》しようぜ。おまえ、目立たないから探偵に向いてるって」

「それ、貶《けな》しているんですか」

「ほめてんだよ。目立たないことは大事だよ。それに、聞き込みするときに、脅威とか不快感とか与えないし、相手に警戒心とか起こさせないし。絶対、得だから」

雄哉は章司の胸を軽く叩いた。

「聞き込みだって。なんか、本格的だなぁ」

「ちょっと楽しいだろう」

楽しいというより、希望がわいてきた。なにがどう解決するのか、まだ見えてはこないけれど、なにかが変わるんじゃないか、動き出したんじゃないかという希望だ。

「あっ、ノートだけじゃなく、メモ帳も用意しといた方がいいかな。もち、筆記用具も忘れずに」

山田は立ち上がり、大きく伸びをした。

「帰ろうぜ。もう遅い。正門、閉まっちまったかもな」

西の山際あたりはまだオレンジの色に輝いているけれど、頭上の空には星が瞬き始めていた。お互いの顔さえ見えにくいほど暗くなっているのに、夢中で話をしていた。心なしか、風が冷たくなっている。

鴉はもう、ねぐらに帰ってしまったのだろう。一羽の影も空にはなかった。

「明日、放課後、また、ここで会おう。じゃあな、バイ」

「山田さん」

薄いカバンを脇にはさんで、山田が振り向く。

「あの……なんで、おれたちを助けてくれるんですか」

「助ける？　そんな気はないけど」

「だけど、いろいろと相談にのってくれて、アドバイスとかしてくれてくれて……」

「あーっ、そういうの違うから」

山田の薄い肩が上下した。

「おれは自分の役目を果たしているだけだから、気にしなくていいから。あっ、でも、お礼にラーメンおごりますってのは、歓迎《かんげい》するけどな。まっ、上手く事がおさまれば、な」

「役目って？」

さらに肩をすぼめて、山田は笑い、

「深沢って、ほんと知りたがり屋だよな。探偵には向いてるかも。おれの役目については、また、いつか、ゆっくり教えてやるよ。じゃあ、ほんとにバイ」

山田の背中が遠ざかる。

その背中が視界から消えてしまうまで、薄闇の中、雄哉と章司は佇んでいた。

ひとりじゃない

ノートを広げる。

今日で三日目。

青い表紙のリングノートだ。

山田のアドバイスに従い、ショッピングセンターの文房具売り場で買った。それまで、あまり意識しなかったけれど、ノートって数え切れないほどの種類があるのだ。それぞれに用途《ようと》があるのだろうけれど、復讐《ふくしゅう》ノートに相応《ふさわ》しいものってどんなやつだろう。

少し考え青いリングノートに決めた。澄《す》んだ秋空みたいなきれいな青のものもあったけれど、もう少し濃い色、深い海のような青にした。ホッと目に飛び込んできたその青に、心が引かれたのだ。

昔、これとよく似たノートを見たことがある。そんな気がした。

どこで？　いつ？

「決まった？」

章司《しょうじ》に声をかけられて、我に返る。

「うん、まあ、だけど、ノートを買うのにこんなに悩むとは思わなかったな」

苦笑してみせた。

「だよな。なんか、女の子みたいで、恥《は》ずいけど」

章司も同じような笑みをうかべ、それでも、最後に薄手の大学ノートを選んだ。

雄哉《ゆうや》は、海色のノートと〝二冊買えば三割引セール中〟の貼り紙につられて、もう一冊、淡い緑色のノートを購入した。

青い表紙のリングノート。

おれの復讐ノート。

いざ書こうとして、戸惑《とまど》っている。

復讐なんて、今までただの一度も考えたことがなかった。自分にはまったく縁のないものだと思っていた。

頭にうかんだ復讐方法をともかく、どんどん書いていく。かたっぱしから書いていくんだ。

山田の言葉を反芻《はんすう》しながら、シャープペンシルを握った。

どくん、どくん。

心臓が鼓動《こどう》する。その音が聞こえる。

どくん、どくん。

久利谷《くりたに》たちに対する怒りが、わきあがってくる。

あの暴力、あの理不尽《りふじん》、あの陰険《いんけん》、あの残酷《ざんこく》、あの卑怯《ひきょう》……許《ゆる》せない。久利谷たちが許せない。そして、自分も許せない。三人に囲まれて怯《おび》えた自分が、脅《おど》されて泣きそうになった自分が、章司を信じきれなくて罵倒《ばとう》した自分が許せない。

許せない、許せない、許せない。

ガス抜きだ。

山田はそうも言った。

高ぶる感情に穴をあけ、充満したガスを抜いていく。

冷静になれ。落ち着いて、現実に向かい合え。決して、絶望するな。自棄《やけ》になるな。自分を見失うな。追い込むな。脱出口は案外、近くにあるものだ。

雄哉は大きく息を吸い込み、ゆっくりと吐き出した。

よし、やってみよう。

復讐ノート。

一ページ目にそう記そうとして、讐の字を知らないことに気がついた。調べようと辞書に手を伸ばしかけて、止めた。

そんな、細かいことはいいや。ともかく、書くんだ。

復しゅう計画。

その①　どう猛な犬を、人を襲うように訓練する。久利谷たちを襲わせる。

その②　毒をぬった吹き矢でねらう。死なないまでも顔がパンパンにはれ上がって苦しむような毒を使う。

その③　誰かにたのんで、車でひいてもらう。

その④　たくさんの人数で囲んで、「死ね」とか「おまえなんか最低だ」と悪口をあびせる（輪の真ん中に正座させる）。

雄哉はペンを置き、しばらく考えた。①は嫌だなと思った。犬がかわいそうだ。人を襲ったりしたら、確実に殺されるだろう。三年前まで犬を飼っていた。パンチという名前のビーグル犬だ。大好きだった。死んだ時はどうしようもないほどつらかった。雄哉の生まれる前から深沢家にいて、十五年ちかく生きた大往生だとわかっていても、つらかった。犬を復讐の道具になんか使いたくない。動物虐待《どうぶつぎゃくたい》だ。

①の上に大きく×印をつける。

②もちょっと無理がある。吹き矢で狙《ねら》うなんて簡単にできることじゃない。やはり×だ。

③も×だろう。頼める誰かなんて、まるで心当たりがない。

じゃあ④は?

これは、少し現実的かもしれない。クラスのみんなに協力してもらって、久利谷たちを囲み、反省させるのだ。泣いても許してやらない。絶対に許してやらない。

「雄哉、お風呂に入りなさーい」

晴香の声が階下から響いてくる。雄哉はノートを閉じ、引き出しにしまった。

二日目は④の計画をもう少し詳しく書いてみようと思った。その日、久利谷たちに五万円を請求《せいきゅう》されたけれど、何とかごまかし、一週間の猶予《ゆうよ》を引き出した。

「頼むよ、一週間、待ってくれよ。田舎《いなか》からお祖母《ばあ》ちゃんが出てくるから、そうしたら、何とかしてもらうから」

手を合わせ拝むまねをする。

「おれたちに渡すなんて、絶対、言うなよ」

「言わないよ。お祖母ちゃんなら、なんにも聞かないで、小遣《こづか》いくれるから。絶対、ばれないし」

「ふーん」

疑わしそうな表情はしたけれど、久利谷たちは納得したようだ。ただし、利子をつけて六万と、金額をつりあげてきた。

頼む、頼むと頭を下げる雄哉をさも愉快《ゆかい》そうに見下ろしていた久利谷の眼つきを思い出す。

くそっ。

腹立ちとともに、ノートを開く。

④の項を指でなぞる。

たくさんの人数で囲んで、「死ね」とか「おまえなんか最低だ」と悪口をあびせる（輪の真ん中に正座させる）。

どうやって、クラスのみんなに協力してもらう？　久利谷はクラスでも人気がある。その化けの皮をはがさないと、雄哉の言葉を信じてくれないだろう。

久利谷の正体をあばく（化けの皮をはがす）。

みんなに、知ってもらう。協力してもらう。

その横に青いボールペンで書き込む。

どうやって？

「そこで、いい考えがうかばなくて、そのままになりました」

「なるほどね。どうだ眞野？」

「え？」

「深沢の計画だよ。けっこうリアルだよな」

「ええ。だけど……たしかに難しそうですね」

「⑤とか⑥とかはないのか？　深沢」

「一応、頭の中にはあって……なんか、いろんなのが、ぼこぼこ浮かんでくるようになって……」

山田、雄哉、章司。

屋上で三人は輪になって話をしていた。放課後《ほうかご》とはいえ、初夏の日差しが降り注ぎ、陰にいないと汗ばむような陽気だ。グラウンドからは運動部の部員たちの掛け声が聞こえてくる。

山田は、独特のふにゃりとした笑みを浮かべた。

「調子がいいってわけか」

「いいと言えばいいですけど……なんか」

「なんか?」

「自分がすごく、怖《こわ》い人間のような気がしなくもなくて……夜、書いてると、どんどんエスカレートしてきて、ぞっとすること、あります」

「自分がすげえ残酷な人間って気になる……ってか?」

「はい。まぁ……」

久利谷の頭上に砲丸投《ほうがんな》げの球を落とす。生《い》き埋《う》めにして、その上に墓をたてる……口に出すのが憚《はばか》られるような妄想《もうそう》が次々、浮《う》かんできて、怖い。

山田の言うとおり、自分がとてつもなく残酷な人間であるようで……怖い。

「なんか、復讐計画って言うより、妄想みたいになっちゃって」

「妄想でいいじゃん。ただモウソーするだけじゃなくて、ちゃんと書いてみろよ。まぁ、ある意味、自分の黒い部分を見ちゃうとこあるからなあ」

「はい。おれって、けっこうドロドロしてるんだって、思っちゃいます」

他人を憎む。傷つけてやりたいと望む。残酷なシーンをあれこれ考え続ける。そんな自分自身にぞっとするのだ。窓の外の闇がガラスを通して自分の内に入り込んでくるような怖さだった。

「なんか自分が怖いです。歯止めがきかなくなるようで」

「そうか？」

「……なんか、前に観た映画の残虐シーンとか、本で読んだ拷問の場面とか、どんどん浮かんできて、そんなことをずっと考えてると……なんか、本当にやっちゃうんじゃないかって……マジ怖いです」

「ガス抜きにならないか」

「いえ、そんなこと」

雄哉はあわててかぶりを振った。そうではない。復讐ノートを書いているうちに、追い込まれて身動きできなくなっていた気持ちがゆらぎ、余裕が出てきたことに気がついている。ノートを書かなかったら、大きく息をつくことはできなかったろう。

書くことで緊張をゆるめることができたのだ。解放感を、確かに味わった。ただ、同時に自分の内に渦巻く闇を見てしまう。

こんなに他人を憎めるのか。こんなに惨《むご》いことを考えられるのか。

それは解放感を上回る恐怖だった。

「そうか……やっぱ白ノートも必要だな」

山田が静かに息を吐いた。

「白ノート？」

「うん。おまえさっき、ドロドロしてるって言ったけど、人間ってみんなそうでしょ。ドロドロした部分って、誰でももってる。なっ、眞野」

「え？　あっ、はい」

「だけど、サラサラした部分もある。なっ。そこを書くノートを仮に白ノートって呼んでんだ。ドロドロが黒、サラサラが白」

「サラサラの部分って？」

「自分の気持ちのいい部分、気持ちいいと感じられる部分を確かめるんだ。例えば、登校中にすげえかわいい子に挨拶《あいさつ》されたとか、誰かに感謝されたとか、おれってカッケーと本気で思えたとか、二百万円入りの財布を拾って、警察に届けたら一割、もらえたとか、理由ないけどなんか気分がいいとか、好きな子ができたとか……いいなってこと、あるだろう」

「まぁ、そう言われてみれば……ありますけど。それを書くんですか」

「そうそう。メモ程度でいいから。自分のサラサラ部分を感じられればいいんだからさ。自分の内にあるのが黒ばっかじゃないって、わかれば、な」

割引セールでつい、買ってしまった淡い緑のノート。

あれがある。

あれを白ノートにしてみようか。

復讐、仕返し、恨《うら》み……そんなものとは無縁の、ささやかな喜びや発見を綴《つづ》ってみようか。

そういえば、今朝、まこ姉が焼いてくれたバナナケーキはとびっきり美味《うま》かった。昨夜、父さんがどれぐらい母さんがすてきな女性だったかしみじみ語っていた。ほんとうにしみじみとした口調《くちょう》だったから、母さんへの想いが沁《し》みてきて、気持ちが潤《うるお》った。それと……章司や山田さんとこうして話していると、案外楽しかったりする。そういう諸々《もろもろ》をちょこっと記してみようか。

「眞野は、復讐計画はどう？」

山田に問われ、章司がかぶりを振った。

「おれは……」

情報収集の方が忙《いそが》しく、復讐計画をたてるところまで余裕がないという。

「山田さんに言われたとおり、ノートとは別に、メモ帳、買いました」

黒いビニール表紙の手帳をひらひらと振って見せた。

「深沢の計画実行の助けになるような、情報、あるか？」

「そうですね……」

章司がメモ帳をめくる。几帳面《きちようめん》な文字がぎっしりと書きこまれていた。

「まずは久利谷ですが、家族は五人。両親と高校二年の兄と高一の姉がいます。前に一度だけ、久利谷の家に行ったことあるけど、大きな家でした。外車が二台もあるんだぞって、久利谷が自慢《じまん》していたの覚えてます。なんか、父親が会社を経営していて、金持ちなんだそうです。ゲームソフトなんて、出るとすぐに買ってもらえるみたいで、飽きると石原や廣野瀬に貸したり、ただでやったりしてるみたいで、小遣いもいっぱいもらえるみたいで、好きなように使ってるみたいです。駅前のゲームセンターによく行ってるし、そういうとき、久利谷が二人におごってるから……そういうところで、石原たちは久利谷といっしょにいるのかもって、気がしたけど」

「本当の友だちじゃないってことか」

「……特に石原は、あんまり久利谷のこと好きじゃないみたいで、『あいつ、むかつく』って呟《つぶや》いてたの、聞きました」

「章司」

雄哉は目を瞬《またた》いた。

「なんか、おまえ、ほんとの探偵《たんてい》みたいじゃないかよ。よく調べたよなあ」

「えっ、いや、そんなことないけど。ほら、山田さんが言ったように、おれ目立たないし、存在感、薄《うす》いから、なんか、みんな、おれのこと気にせずに、つーか、いることと忘れてしゃべるみたいで……ぽろって本音が聞けたりする」

山田が章司の前でひらりと手を振った。

「いやいやいや、それ、キチョーな資質だぞ。だから、ぜーってぇ、眞野は探偵向きなんだよ。さてさて、名探偵諸君、どうする？　週末の休み、みんなで本格的に相手を調べてみるか」

「やります」

「ぜひ」

雄哉と章司の声が重なった。

「光樹《こうき》、まちなさい、光樹！」

甲高《かんだか》い叫び声とともに、瀟洒《しょうしゃ》な屋敷《やしき》の中から、久利谷が飛び出してきた。

「光樹、光樹」

名前を連呼されたけれど振り向きもしない。玄関脇《げんかんわき》に立てかけてあったマウンテンバイク（シルバーのフリーライドだった。かっこいい）にとびのると、すごい勢いで角を曲がって行ってしまった。

「まちなさいって、光樹」

数秒遅《おく》れて、開け放したままの玄関ドアから女の人がやはり飛び出してきた。足がもつれたのか、よろめき、ドアに身体をぶつける。

長い髪を一つに束ね、大ぶりのバレッタをつけている。きちんと化粧《けしょう》を施《ほどこ》した横顔が歪《ゆが》んでいた。

戸惑っているようにも、不快感を必死で抑えているようにも見える表情だ。

「母親か？」

山田がささやく。

「そうです」

章司が答える。

雄哉たちは、ゴミ収集場の陰にしゃがんでいた。閑静《かんせい》な住宅街の一角で、久利谷の家とは道路を隔《へだ》てて斜《なな》め前《まえ》になる。そこから、久利谷の家を見張っていたのだ。見張っていたといっても、つい十分ほど前に、着いたばかりだった。

「張り込みって、根気がいるんだ。一日中、動かずに見張ってるなんてことも、フツーにあるらしいぜ」

「今日一日、ここにしゃがんでるんですか？」

「まさか。ゴミ収集場に若い男が三人ずっとしゃがんでるなんて、思いっきり怪《あや》しいじゃないかよ。下手したら警察に通報されちまう。まっ、いいとこ一時間かな」

「一時間、か」

収集場は清潔に保たれているらしく臭いはまったくしなかったし、ひんやりと涼しかった。それほど居心地が悪いとは思わない。

よし、とりあえず一時間はここでがんばる。

そう覚悟したのに、わずか十分で動きがあったのだ。ちょっと、拍子抜けする。

「うーん、今日はヒキがいいな」

山田が雄哉の肩に手をおいた。

「よし、せっかくのチャンスだ。行くぞ。深沢、あれ、持ってきてくれたか」

「あっ、はい」

新聞部の腕章《わんしょう》を手渡す。紺色《こんいろ》のビニール地に新聞部の三文字が白抜きしてあるものだ。部室の備品棚から拝借《はいしゃく》してきた。

「うん、これこれ。おっし、深沢はついてこい。眞野は面がわれてるかもしれないから、そこに待機」

腕章をつけると、山田はふらりと立ち上がり、腰《こし》をおさえ首をぐるりと回した。

それから、きびきびした足取りで門扉《もんぴ》の後ろに佇《たたず》む母親に近づいていった。

雄哉も続く。歩き出す瞬間、章司の手が背中を軽く叩《たた》いた。

「すみません」

山田の呼びかけに、母親が振り向く。頰《ほお》から顎《あご》にかけての線と目元が久利谷とよく似ていた。

「すいません。失礼します。えっと、一年三組の久利谷光樹くんのお家でしょうか」

「え？　……ええ、そうですけど」

「あっそうですか。ぼくたち新聞部のものなんですが」

山田が腕章を指さす。

「新聞部の……、それで光樹に、なんの御用かしら？」

「いえ、今日は久利谷くん本人ではなくて、お家の方にインタビューしたいんです」

「インタビュー？」

「はい。新聞部は毎年、この時期、新入生特集をやるんです。各クラスから男女一名ずつを代表者としてインタビューするんですが、今年は少し趣向《しゅこう》をかえて、本人だけじゃなく家族へのインタビューも載《の》せたいなということになったんです。それで、ぜひ、久利谷くんのお母さんに、インタビューさせてもらえないかと思って」

「まあ……でも、なぜ、光樹が？」

「久利谷くんはクラスでもムードメーカーで、明るく、頼りになるって聞いたものですから。一年三組の代表としてぴったりかなと考えました」

「そう、まあね、そうかしら」

息子《むすこ》をほめられて嬉《うれ》しくない親はいない。母親の硬《かた》い表情がゆるんだ。

「よろしくお願いします」

山田が頭を下げる。雄哉もあわてて、倣《なら》った。

「まあ、いいけど。でも、ちょっと忙しいので、ここで、短時間ですませてもらえる?」

「もちろんです。今日は、久利谷くんはいらっしゃいますか? できれば本人にも」

「光樹は塾《じゅく》に行ってるの。たった今、出かけたところよ」

さっきの久利谷、塾に出かけたようには見えなかったな。

そう思ったけれど、むろん黙《だま》っている。

山田は鉛筆《えんぴつ》と手帳をとりだして、書き込んでいる。

「へぇ、休日の朝から塾。久利谷くん、嫌《いや》がりませんか?」

「……そんなこと、ないわ。けっこう、喜んで通ってますよ」

「ステップ進学塾ですか？」

「あら、よく知ってるのね」

「有名な進学塾ですから。久利谷くん、その他にもスイミングとか英会話とか、通っているとも聞きましたけれど。一週間、けっこうびっちりのスケジュールとか」

これは章司からの情報だ。

「まぁね。でも、このごろの中学生は誰だって、それくらい、やってるでしょ」

「いやあ、そうですか。久利谷くん、すごいがんばりやだと思いますけど。やっぱり、そんな教育方針とかあるんですか」

「そうねえ。教育方針というか、全力でがんばるって大切でしょ」

山田がうなずきながらメモを取る。雄哉も倣ってメモ帳に鉛筆を走らせた。

「全力でがんばる、と。なるほど、なるほど。うん、見出しは久利谷くんのがんばり力でいこうかな。やっぱり、久利谷家はみんな、努力家なのですか」

「そうねえ。光樹の兄も姉もそうだし、わたしも人一倍、努力はするほうかしら」

「お兄さんもお姉さんも優秀で、東晋学園高校に入学されているんですよね」

これも章司からの情報だ。

「まあ、ほんとに、よく知っているのねえ」

「特にお兄さんは、学年トップだったとか。うちの中学の卒業生でしょ。けっこう、有名人ですよね」

「そうなの？　真彦《まさひこ》、有名人なの？」

「でしょうね。二年下のぼくが知っているぐらいだから」

山田はやんわりと、でも巧みに話を引っ張っていた。しだいに、母親の口が滑《なめ》らかになっていく。

「そう。そうねえ、あの子、目立ったから」

「なんでもできた？」

母親が相好《そうごう》を崩した。

「今でも、できるわよ。ふふっ。あら、自慢っぽく聞こえる？　そんなつもりじゃないのよ」

と、ほほえんだ。

「ええ、わかってます。それで久利谷くんの、光樹くんの方のことですが」

家の中から声がした。

「母さん、母さん、いないの」

母親は首を回し、

「はーいっ」

と、朗《ほが》らかな返事をした。

「じゃあね」

「あっ、あっ、もうちょっと話を聞かせてもらえれば」

「忙しいのよ。適当に書いといて。あっでも、いいかげんはだめよ。光樹のいいところをちゃんと書いといてね」

「どういうとこですか？」

山田の声音《こわね》がすっと重くなった。母親の足が止まる。

「え？」

「光樹くんのいいとこって、どういうところですか？」

「え……まぁ、それは、いろいろあるわよ」

「例えば？」

「母さん。何してんだよ」

呼び声に明らかな苛立《いらだ》ちがこもる。ちらりと山田を見て、母親は無言で家の中に消えた。

山田が息を吐き出し、肩をすくめた。

「適当だけど、いいかげんはダメ。難しいこと、おっしゃる……なっ、深沢」

「はい」

「どう感じた?」

「……そうですね」

どうなんだろう?

雄哉は今しがた、母親が閉めたドアを見つめた。どっしりとした素材の木製のドアだ。扉と呼んだ方が相応しいかもしれない。

さっき、ここから久利谷は飛び出してきた。

飛び出さなければいけないような、何かがあったのだろう。

「あまり居心地がよさそうじゃない……かな」

「久利谷にとって?」

「ええ……そんな感じがします。あの母親、久利谷のいいところ、結局、何にも言わなかったですよね」

「うん。考えようともしなかったなあ。なるほど、あんまり居心地よくないかもな。で、深沢」

「はい？」

「おまえんとこのおふくろさんなら、ちゃんと答えてくれるか？」

「おれんち、母親、いませんから。随分前に亡くなりました」

母がいないと告げると、誰もが同じような表情をする。困ったような、目のやり場がないような、哀れむような……。

「あっそうなんだ。知らなかった。メモっとこ」

山田が手帳に書き込んでいく。表情はほとんど変化しなかった。

「おれのことも調べるんですか」

「なんでも、わかったことは書き留めとくんだ。一種の癖《くせ》だから、気にすんな」

「癖……なんですか」

「あっ、今、変な癖とか思っただろう」

「え？　いやそんなこと……少し思いました」

「正直者だな、おまえは」

山田が人差し指の先をくるりと回した。

「知らなかったことがわかるって楽しいだろ。人間相手だととくに」

「……そうですか」

「そうさ。おれは楽しいと感じるわけ。だからメモっとく。〝楽しい〟のスクラップさ。わかる？」

「ビミョーですけど」

「ビミョーで上等」

山田は腕を空へつきあげ大きな伸びをする。

「さあて、これからどうするかな。おーい、眞野」

ゴミ収集場の陰で章司が手をあげた。

「駆け足、集合」

笑いながら章司が駆け寄ってくる。

「おまえ、久利谷がどこに行ったか、だいたいの予測がつくか？」

「……たぶん、ゲームセンターかな。それとも、公園……」

「公園？」

「この先に小さな児童公園があるんです。時々、そこのジャングルジムに登ってぼーっとしてるって……そこが落ちつくんだって」

「久利谷が言ったのか？」

「言ったというか、独《ひと》り言《ごと》だったと思うけど。おれ、耳がいいから聞こえちゃって」

「いや、ほんとすごいね、眞野センセ。才能だわ」

「そんなんじゃないですって」

山田に頭を撫《な》でられて、章司が苦笑する。

「どうする、公園かゲームセンターか、行ってみるか？」

雄哉は山田を見た。それから、章司を見た。そして、しばらく考え、ゆっくりとかぶりを振った。

「行かないの？」

章司が僅かに首を傾ける。

「もう、いい」

「なんで？　もしかして、淋《さび》しそうな久利谷の背中とか見られるかもよ。そういうの嫌か？　同情しちゃう？」

山田が眼鏡を押し上げる。

「同情なんかしません。あいつは悪いやつだ。意味もなく他人をいじめる最低のやつで……どんな事情があっても、それはかわらないですよ」

久利谷に対する嫌悪も怒りもまだ十分に胸の内にある。許せないという思いも鎮《しず》まってはいない。

「でも……」

「でも？」

「なんか、おもしろいなあって思って」

「おもしろい？　久利谷がか？」

「うーん、うまく言えないけど、久利谷もただの最低のやつじゃなくて、けっこう、いろいろあるみたいで、そこら辺がおもしろいというか……」

山田が笑った。悪戯《いたずら》を思いついた子どものような笑顔だった。

「男もいろいろ、女もいろいろ、みんないろいろってことか。そうだな、いろいろ知れば、いろいろおもしろくなるだろう」

「ですね」

白ノートに書いてみようか。

ふっと思った。

みんないろいろ。いろいろ知れば、いろいろおもしろくなる。

そんな一文を綴ってみようか。

やはりそれは、黒ではなく白の方に綴るべき一文だろう。

「復讐計画はどうする？」

章司が問うてくる。鼻の頭に汗をかいていた。

「もう、やめちゃうのか」

いかにも残念そうな響きがこもっている。

「章司は、やめたくないか？」

問い返してみた。章司は口を閉じ、しばらく無言だった。

「……正直、復讐とかできるわけないと思ってた。だけど、なんとかしなくちゃっ
て……久利谷たちからの脅し、なんとかしなくちゃって……もともとは、おれが雄

哉をまきこんだんだし、なんとかしなくちゃって考えてて……でも、どうしていいかわからなくて、おれにできるのは、情報を集めることだけで、だから、けっこう、一生懸命《いっしょうけんめい》やって……あの、えっと、罪滅《つみほろ》ぼしみたいな気分があって……でも、今は楽しくて……、みんなであれこれ考えたり、張り込みしたり、メモしたり、相談したり……そんなのが楽しくて、今日も楽しいけど……。復讐計画を実行することより、こうやってみんなでいるの……楽しいけど」

「図書委員の仕事の次にな」

山田が章司の鼻を指で軽く弾《はじ》いた。

「だけど、深沢。実際問題として、明日からどうする。久利谷のいろいろを知ったからって、解決にはなんないだろう」

「ですね。でも、やってみます。金は渡さない。絶対、拒否する。章司とも前と同じようにします」

「だいじょうぶか？」

「たぶん」

たぶんだ。山田の言うとおり、何も解決していない。久利谷たちは、執拗《しつよう》に陰険《いんけん》にさいなんでくるかもしれない。

だけど、負けないでいよう。負けないでいられるような気がする。ほんのちょっぴりだけれど。

久利谷に同情はしない。でも、弱いやつだとは感じる。他人をいじめなければならないほどに、弱い。

そんな弱いやつに、負けたりしない。

そう、思うのだ。

「無理、すんな」

山田が今度は雄哉の鼻を弾いた。

「ぎりぎりまで無理すんなよ。余裕のあるうちに逃げ出せ。学校が辛《つら》いなら、出てくるな。部屋で布団《ふとん》かぶって、寝てろ。がんばるのって、ときに最悪の結果になること、あるからな」

「逃げるんだったら、図書室にします」

「あっ、いいかもな。学校の中にも、けっこう逃げ場所ってあるんだよな。無理せず、がんばらず、とっとと逃げる」

「それも大切なコツですか、山田さん」

「だよ。じゃあ、ともかく帰ろうか。あっ、腕章、返しとく」

「山田さん」

「うん？」

「なんで、おれたちに力を貸してくれたんですか？　前に役目って、言いましたよね。あれ、どういうことです？」

雄哉を見下ろして、山田はかすかに笑ってみせた。

「おまえたち知らない？　うちの学校の裏の歴史」

「は？　なんですか、それ？」

「おまえに教えた復讐ノートだとか、いじめの対処方法だとか、実はおれも先輩から教えてもらったのさ。一年のときちょっとしたいじめを受けてて、そのとき、ある先輩がいろいろ教えてくれたってわけ。その先輩もいじめられたとき、さらに先輩から……そうやって、歴史っちゃあ、まあ大げさだけど、そっと、そっと、受《う》け継《つ》がれてきたってわけ。だから、おれもおまえらに、バトンタッチかな」

「そうなんですか。山田さんも……」

飄々《ひょうひょう》として全てを受け流す柳《やなぎ》のような印象のある山田でも、いじめに泣いたことがあったのだろうか。怒りや絶望にうめいたことがあったのだろうか。

「知りたがり屋の深沢くん。おれの過去も知りたいか」

山田が、さもおかしそうに口元をゆるめる。

「いえ……」

聞きたいとは思わない。ただ不思議だと思う。

人間って、おもしろくて不思議だ。簡単には見通せない面をいくつもいくつも持っている。

「あのな、おれ、実は計画があって」

山田が声をひそめる。

「計画？」

「うん……まあ、誰にもしゃべったことないんだけど……まあ、いいか」

「なんですか。聞かせてください」

身を乗りだす。

山田はさらに声をひそめた。

「これ、仕事にならないかなって考えてる。名づけて、復讐プランナー」

「復讐プランナー?」

「そう。いじめをなんとか乗り越えるプランをあれこれ考えるんだ。復讐ノートだけじゃない。いじめに対抗するためにはそれぞれのやり方があるんだ。いじめられている者、いじめているやつ。それぞれの性質や環境、条件によって、いろんな方法があるとおれは思う。その一つとして、あなたの復讐のお手伝いをします。いっしょに復讐プランを考えましょうってのどうだろう? 復讐計画を立ててもらって、どう実行するかを検討する。もちろん、法律《ほうりつ》を犯さないように配慮《はいりょ》しながら、あれこれ、これあれ、動くんだよ」

「張り込みとか」

「そうそう」

「聞き込みとか」

「もちろん」

「尾行とかも、ありますか」

「大事だね。その他にも復讐ノートの書き方コーチとか、いっしょに傍《そば》にいてあげるとか、とことん胸の内を聴《き》いてやるとか、メニューは、たくさんあります、みたいな。もちろん、そのためにはかなりの法律の知識とかいるし、メモのまとめ方も知ってなきゃならないし、ちゃんと他人の話を聞けるようにならなきゃだめだし、勉強しなきゃいけないことはいーっぺえあるけど、それはそれで、また楽しげだろう」

「山田さん、なんでそんなことを思いついたんですか？」

　率直に問うてみる。山田の言葉は夢物語にも、単なる冗談にも聞こえる。なのに胸がわくわくと動くのだ。山田がなぜ復讐プランナーなんて荒唐無稽《こうとうむけい》（としか思えない）なことを真顔でしゃべっているのか、なぜ自分の胸が荒唐無稽（としか思えない）話に高鳴るのかわからない。わからないけど、どきどきする。

「だっておもしろいだろう」

「おもしろいって、何がです？」

「人間」

　山田がふいに指を鳴らした。楽器のようにいい音がする。

「おまえもおれも眞野も久利谷だっておもしろいと思わないか。いじめられるとかいじめるとか、そんなんでつっつき合うのもったいないじゃん」

「そうですか……おれには、まだよくわからないけど……けど、おもしろそうですね」

「人間が？」

「復讐プランナーが」

再び、山田の指が鳴る。

「いっしょにやるか」

「やります」

雄哉より先に章司が答えた。

「山田さん、仲間に加えてください。なっ、雄哉」

「うん」

復讐プランナー。

おもしろいかもしれない。そんな存在がそっと、誰にも知られずそっと、学校の中にあったとしたら……とてつもなく、おもしろい。

おもしろい。おもしろい人だ。

「山田さん」

「うん？」

「山田さんには、母親っているんですか？」

「は？　なんだ、急に」

「いや、どうなんだろうって思って。おれたち、山田さんのことなんにも知らないから」

「興味、もった？」

「とても」

「じゃあ、ゆっくり教えてやるよ。卒業するまでだいぶあるし」

山田は親指を立て、片目をつぶった。

遠くで、夏うぐいすが鳴いている。

涼《すず》やかな風が三人を抱くように、ふわりと流れていった。


白ノートと黒ノートを広げる。

復讐計画が浮かんできたのだ。それを書き付ける。計画というより、自分の頭の中の物語をどんどん書き綴っている気がする。

白ノートには、あの一文を記そう。

みんないろいろ。いろいろ知れば……。

「雄哉」

ノックの音がした。真湖《まこ》がのぞく。

「チョコレートケーキ、食べる？」

「あっ、うん、うん」

慌《あわ》ててノートをしまおうとして、床に落としてしまった。さらに慌てて拾い上げる。

「あら……それは？」

「いや、なんでもない。なんでもないって」

真湖が大きく息を吸う。

その表情をみた瞬間、頭の中ではじけるものがあった。

青いノート、海色の表紙の……。

ノートを広げ、ショートヘアーの女の子が懸命に何かを書きつけている。雄哉は後ろからそれを見ていた、とてもとても幼かった。天井が高く、空ほども高く感じられたほど幼かった。

「おねえちゃん、お絵かきしてるの？」

女の子がふりむき、首をふった。

「ちがうの。フクシュウノートを書いてるの」

その声はひくくて、重かった。雄哉に向けられた眼は鋭く、つり上っていた。泣いた気がする。普段は優しい大好きな姉が、怖くて大泣きした気がする。思い出した。あのノートの色だ。

そうか、おれ、あのノートと同じ色を選んだんだ。記憶のかたすみに残っていた色を無意識に選んだ。なんだか、こういうのも不思議だ。自分が、人間が不思議だ。

雄哉が口を開く前に、真湖が呟いた。

「ユウ、復讐ノート……なの？」

「まこ姉、知ってるんだ」

口が滑った。これじゃ、あっさり肯定《こうてい》したようなものだ。真湖はきっかり三度瞬きし、それから弟の顔をみつめた。

「ユウ、やっぱり学校で……」

「だいじょうぶ、だいじょうぶ。いろいろあったけど、もうだいじょうぶ。なんとか、なるから」

嘘《うそ》ではなかった。ごまかしでもなかった。ほんとうに、なんとかなるような気がしていた。

「ほんとに?」

「チョコレートケーキにかけて誓《ちか》う。ほんとうです」

「ふーん、それだけ余裕があれば、ほんとにだいじょうぶなのかなあ」

「ほんとだって。それより、まこ姉、もしかしたら、まこ姉も……いじめられたりしてたのか。それで、復讐ノート書いたことあって……」

「ちがうわ」

真湖は首を振り、珍しく引き締まった顔つきになった。

「わたしじゃない。ハルちゃんよ」

「はる姉が……」

「そう。ハルちゃん、中学のころひどいいじめにあってたの。えっと、中二のときだったかな。ほんと死にたいぐらいのひどいやつだった……ハルちゃんが後になってそう教えてくれた。その一番つらいとき、復讐ノートのこと教えてくれた人がいて、ハルちゃん、毎日、いじめっ子をノートの中で庭に埋めたり、崖《がけ》からつきおとしたり、してたって。でも、そうしているうちに、少し落ち着くことができたんだって。妄想ってだいじよねって、言ってたわ」

「はる姉が復讐ノートを……」

「ハルちゃんに復讐ノートのことを教えてくれた人にね、ハルちゃんが少し落ち着けたって言ったらね、その人、自分がひとりぼっちだって思い込まないのが負けないコツなんだって、アドバイスくれて、ハルちゃん、なんかすごく勇気付けられたらしいわ」

「ひとりぼっちじゃない、か。確かに……あっ、あっ、ちょっと待って、もしかして、その人って……」

「わかった？」

「ノッチ」

「そうよ。ノッチがずっと、ハルちゃんを支えてくれてたの」

そうか、ノッチも復讐プランナーだったんだ。

「ユウ、ひとりぼっちだなんて思い込まないのよ。それが負けないコツ」

「わかってる。すごく、よくわかってる。だから、だいじょうぶ」

おれは、だいじょうぶだ。

雄哉は二冊のノートの上に手をおいた。

ひとりぼっちじゃない。

小さくつぶやく。

風が出てきたのか、窓ガラスが音をたてる。それを心地よい音楽のように聴きながら、雄哉はもう一度、ゆっくりと呟いてみた。

ひとりぼっちじゃない。

星空の下で

つけられている?

ふっと、感じた。

そう感じたら、とたん、背中がぞくぞくしてきた。

吉岡愛海《よしおかまなみ》は足を止め、振り返る。

女子高校生のグループ、ベビーカーを押《お》している女性、年配の夫婦らしい二人連れ、荷物を抱《かか》えた宅配便業者、携帯《けいたい》をいじっている若い男、同じ色合いの背広を着込んだたくさんのサラリーマンたち。

別に変ったところはない。いつもの風景だった。

駅近くの繁華《はんか》街《がい》。

この市で最も賑《にぎ》やかな一帯だ。大都会のような巨大《きょだい》商業施設《しせつ》こそないけれど、その分、小、中規模のさまざまな店が並んで、ぶらぶら歩くとけっこう楽しい。時間潰《つぶ》しにもなる。

ブティック、カフェ、カレー専門のレストラン、バーガーショップ、花屋、書店、パン屋、甘味処《かんみどころ》。魚屋や青果店まである。

全国チェーンのバーガーショップには、さっきまでいた。美子《みこ》たちといっしょにバーガーを食べて、シェイクを飲んで、騒《さわ》いでいた。

美子、智香《ともか》、彩《あや》、それに愛海の四人だ。

四人ともよくしゃべり、よく笑った。

「いやぁ、やっぱ、このメンツ最高だね。いっしょにいて楽しいもん」

バーガーを食べ終わった直後、美子が言った。口を拭《ぬぐ》い、「ね、ね」と念を押して来る。彩が答える。

「ほんと、それそれ。うちら、サイコーだよ」

智香も「だね」と、短く相槌《あいづち》を打った。

「ね、ずっといっしょにいようね。中学の間はずっと……ううん、高校生になっても、こうやって集まろうよね」

美子が笑顔のまま愛海に眼を向ける。

少しも笑っていない眼だ。おもねるような眼つきだ。

苛立《いらだ》ちがわきあがってきた。

唐突《とうとつ》に胸をつき上げてくる。喉《のど》の奥《おく》が絞《しぼ》られるような感覚がした。

「どうかな」

わざと気の無い声を出して、欠伸《あくび》を漏《も》らす。

「え？　どうかなって、愛海……」

美子の瞬《まばた》きが激しくなる。慌《あわ》てた時の癖《くせ》だ。

「高校のことなんかその時になってみないと、わからないんじゃない。みんな、同じガッコに行くわけじゃないし」

「……だから、ばらばらになっても友だちでいようって、今日みたいに集まって騒ごうって言ってんじゃないの」

「本気？」

身を乗り出し、問う。美子が顎《あご》を引いた。瞬きはまだ続いている。

パチパチ、パチパチ。

何かの信号のようだ。暗号のようでもある。

パチパチ、パチパチ。

パチパチ、パチパチ。

ああ、いらいらする。

口調が僅《わず》かだが尖《とが》っていくのが、わかった。

「ねえ、美子、本気でそう思ってるの」

「当たり前じゃん。本気に決まってる」

美子の口元が引き締《し》まった。

本気？　そうかな。高校生になって、別々の学校に通うようになって、顔を合わすことなんか滅多《めった》になくなって……それでも、あたしたち、会いたいと思うかな。多少の無理をしても、集まりたいって思うかな。本気で、思う？　美子。

愛海は心の中で問いかける。

心の中でだけだ。言葉にはしない。そのかわりに、緩《ゆる》い笑みを作ってみる。ぺろりと舌を出し、楽しげに眼を細める。

「だよね。美子は本気だよね。わかるよ、あたしも同じこと思ってるもの。ほんと、こんな気の合う仲間、そうそう出会えないもの。ばらばらになるなんて……うーん、あんまし考えたくないな」

美子がほっと息を吐《は》き出した。瞬きが止んでいる。智香と彩も顔を見合わせ、小さく息を吐く。

「なんかさ、そーいう淋《さび》しい話、止めようよ。まだ七月になったばっかなんだし。三月まではいっしょにいられるわけでしょ」

彩が肩《かた》を窄《すぼ》めた。愛海は空《から》になったシェイクのカップを、トレーの上に転がした。

「三月なんかすぐ来ちゃうよ。ほんと、あっという間だもの。これからは受験に向けて、懇談《こんだん》とか試験とかも多くなるでしょ。知らないうちに時間が経っちゃって……あぁ、そう考えると憂鬱《ゆううつ》だなあ。あっ、そうだ。ねえみんな、どうせならあたしたち四人、同じ高校に行こうよ。そうしたら、ずっといっしょにいられるじゃない」

美子も彩も智香も、黙《だま》り込《こ》んだ。

沈黙。誰も何も言わない時間が過ぎる。ほんの束の間だったけれど、こういう時間が一番、嫌《いや》だ。重石《おもし》を括《くく》りつけられた気分になる。身体《からだ》ではなく心が動かなくなる。

気まずい。

「そんなぁ、無理、無理、無理です」

美子が頓狂《とんきょう》にも聞こえる甲高《かんだか》い声を出した。右手を左右に、はたはたと振る。生ぬるい風が愛海まで届いて来た。

「愛海、東晋《とうしん》学園を受験するんでしょ。あんなチョウ難関の進学校なんて、あたしたち、受かるわけないじゃん。ね」

彩がうなずく。

「だよね。ていうか、あたしたちじゃ受験させてもらえないよ。やっぱ、愛海ぐらいの頭がないと無理だよ。ずうっと学年トップだもんねえ。すごいよ。東晋学園だって楽勝なんでしょ」

「……そんなわけないでしょ。けっこう大変だよ。でも、受験勉強ってコツと努力だからさ。今からがんばれば、東晋、何とかなるんじゃない。ね、考えてみてよ。もし、受かったら、高校でもみんなでいっしょにいられるじゃない」

「うーん、いっしょにはいたいけど、あまりにハードル高過ぎて……うちのガッコ、中高一貫だしこのまま進学しちゃった方が楽かなって……」

美子が首を傾《かし》げる。切なげに眼を伏《ふ》せる。

「そうか。じゃあ、あたしが受験やめようかな。美子たちと同じように、このまま高等部に進学すればいいいんだもんね」

「だめだよ」

彩が、すぐさまかぶりを振った。

「あたしたちに合わせて東晋の受験をやめたら、愛海、後悔《こうかい》するかもしれないでしょ。だって、ずっと東晋目指してがんばってきたんだからさ。そういうの嫌だよ。頭が良くて美人で、何でもできて、そんな愛海は、あたしたちの誇《ほこ》りなんだからさ。もうどんどん、上、行っちゃってよ。んでもって、制服が違《ちが》っても友だちでいてよね。絶対、お願い。あたしたちなら、いつもべったりいっしょにいなくたって、友だちでいられるって気がするんだ」

いつもより早口で、そう告げた。

上手いこと言うな、

愛海は胸の内で苦笑する。

いつまでもいっしょにいたいと口にするくせに、そのための努力はしない。したくない。美子はそう言っている。

いつもべったりいっしょにいなくても友だちだと彩は言い切ったけれど、これまでずっと、いつもべったりいっしょにいたではないか。そうでないと友だちじゃないよねと言い合ってきたではないか。

矛盾《むじゅん》している。まるで気付いていないのか、気付いていても知らぬ振《ふ》りを通そうとしているのか。

誰も、本音をあかさない。

上手に嘘《うそ》をついて、友だちの振りをする。

苛立ちが募《つの》ってくる。

唾《つば》を飲み込み、感情を抑《おさ》え込む。

「ね、智香は？」

さっきからずっと黙《だま》りこんでいる智香に視線を向けた。

「え？　あたし……」

ひょろりと背が高く色白の智香は、そばかすの浮いた頬《ほお》を微《かす》かに赤らめた。美子が手を叩《たた》く。

「あっそうだね。智香、成績いいじゃん。うん、智香なら、東晋、大丈夫なんじゃない。合格圏内でーすなんて」

「東晋は遠いし、学費もすごく高いでしょ。交通費もいるし。あたしの家じゃ、無理だと思う。むしろ公立に移ろうかって……考えてるぐらい」

女にしてはやや低い掠《かす》れた声で、智香が言う。智香の父親は数年前に亡くなっている。交通事故だと聞いた覚えがあるが、よく、わからない。他人の父親の死因など、何の興味もわかない。

愛海はもう一度、智香を見上げる。

経済的な理由から私立の受験はできない。

智香は本当のことを言った。嘘はつかなかった。見栄もはらなかった。それなのに、愛海の苛立ちは収まらない。むしろ、強くなる。

なによ、一人だけ苦労してるみたいな言い方して。

「そうかあ、智香もいっしょにいてくれないんだ」

微笑《ほほえ》んでみる。唇《くちびる》の端《はし》をちょっと上げて、首を僅《わず》かに傾げるのだ。大人っぽい整った自分の顔立ちに一番映える表情だと、心得ている。笑顔とはうらはらに、苛立ちはさらに勢いを増す。

「ねえ、智香、もしかして……佐知子《さちこ》のこと気にしてる」

智香が大きく眼を見開いた。驚いているのだ。

愛海自身も驚いた。動悸《どうき》がするほど驚いた。

あたし、なんで佐知子の名前なんか……。

驚いている。慌てている。それなのに、舌が止まらない。愛海の意思を無視して一人勝手に動いているみたいだ。

「本当は、佐知子のことであたしたちのこと嫌ってんじゃないの。智香、佐知子と仲が良かったもんね。家も近所で、小学校もいっしょだったんでしょ。だから」

「愛海」

美子がテーブルの上でこぶしを握った。

「なんでここに佐知子が出てくるのよ。関係ないでしょ」

「そうだよ。佐知子のことってなによ。佐知子が学校に来なくなったのは、あたしたちのせいじゃないよ」

彩も同調する。

智香は唇を噛《か》み、黙り込んだ。

「関係ない？　そうかな？　あたしたちがイジメたから、佐知子、学校に来れなくなったのと違う？」

「愛海、止めてよ。そんなこと言わないで。それじゃ、あたしたちが悪人みたいじゃない」

美子の顔色がそれとわかるほど、青くなる。

へぇ、自覚してたんだ。自覚してたのに、忘れようとしてたんだ。

「だいたい、最初に佐知子のことをムカつくって言い出したの、愛海なんだから。ケーキの件で」

美子が口を閉じた。言い過ぎたと気が付いたのだ。

愛海は挑むように顎を上げた。

そうだ、あたしだ。あたしが仕掛けた。

久本《ひさもと》佐知子。

中二のとき、初めて同じクラスになった。背が低くて、ぽっちゃりしていて、ほわっと柔《やわ》らかな感じの少女だった。たまたま同じ班になった。智香もそうだ。愛海、佐知子、智香に男子二人の班で、女子三人はすぐに打ち解けて、仲良くなった。

智香とは小学校のころから気が合った仲なのだけれど、そのころから、デコボコンビだのフランスパンとアンパンのセットだのと、からかわれていた。佐知子は笑いながら、そう語った。

物言いも容姿もおとなしく、目立つところはどこにもなかった。そのくせ、話をしていると気分が落ち着いた。どうしてなのかは、わからない。

佐知子は寡黙《かもく》ではなかったが、饒舌《じょうぜつ》でもなかった。どちらかというと聞き役に回る方が多かったかもしれない。いいかげんに聞き流すことは決してなく、愛海のおしゃべりをきちんと聞いて、覚えていてくれた。

「ああ、それ、この前話してくれた従姉妹《いとこ》の人のことだね。虫が大好きで、木登りの上手な高校生の」

「愛海ちゃん、抹茶《まっちゃ》アイスが好きなんでしょ。一度に三つぐらいは余裕《よゆう》で食べれるって言ってたよね」

佐知子に言われて驚いたことが、何度かある。愛海のしゃべったささいな話題を佐知子はちゃんと覚えていたのだ。

驚いて、感心して、そして佐知子を好ましいと感じた。

そう……あたしは、佐知子が好きだった。いっしょにいて楽しかった。智香も含め、笑ったり、しゃべったり、冗談《じょうだん》を言い合ったりして……確かに、楽しかったのだ。

いつからだろう。

歯車が軋《きし》み始めたのは。

たぶん、あの日だ。

佐知子が自分の未来を語ったあの日。

いや、実はそれまでも、佐知子にイラつくことはあったのだ。佐知子は何事にも慎重《しんちょう》で丁寧《ていねい》だった。愛海なら五分で片付ける用事に、二時間も三時間もかけたりする。要領が悪く、手先も不器用だ。私服も地味というより野暮ったく、時として、中年の女のようにさえ見えた。かと思えば、意外に頑固な面もあり、一度、意を決めたらなかなか翻《ひるがえ》そうとはしなかった。成績も運動能力も中の中。これといった取《と》り柄《え》も、才能もない。愛海は、そう思っていた。心のどこかで佐知子を軽んじていたのだろう。鈍感《どんかん》さや愚図愚図《ぐずぐず》した態度に苛立ち、よく舌打ちをした。

その佐知子が、自分の未来に明確な目標を持っていたのだ。

「あたしね、脚本家《きゃくほんか》になりたいの」

あの日、佐知子は、はっきりと告げた。告げられた場所が、放課後の教室だったか、グラウンドだったか、街中だったか覚えていない。佐知子の頬がいつもより紅潮していたのは、頬を上気させた横顔をきれいだと感じたのは、鮮明《せんめい》に記憶に残っているのに。

「脚本家って、ドラマなんかの筋書きを考える人?」

恥《は》ずかしいほど稚拙《ちせつ》な言い方をしてしまった。

「そうだよ。シナリオライター。あたし、いつか絶対に脚本家になってドラマを書くんだ」

佐知子の言葉はいつになく強く、凜《りん》としていた。

「そうか、佐知子、小さい時からお話書くの好きだったもんね。すごく上手だし」

智香が大きくうなずいた。励《はげ》ますための首肯《しゅこう》だ。

身体の内側がすうっと冷えていく。どうしてだかわからない。冷え冷えとした風が吹き過ぎていく感覚だ。その風のせいだろうか、

「……でも、脚本家なんてそんなに簡単になれるもんじゃないよね」

自分のものとは信じられないくらい凍《い》てた声が出た。愛海自身がぞっとするほどの冷たさだ。

「資格や免許《めんきょ》を取ったらなれるってもんじゃないし」

冷えた声音のまま、愛海はそう続けた。

智香が眉根《まゆね》を寄せる。愛海の冷たさを察したのだ。しかし、佐知子は気が付かなかった。頬を染めたまま「わかってるよ」と返してきた。その言い方が、ひどく尊大に聞こえた。

「難しいのはわかってる。でも、なりたいんだ。あたしの手でドラマを創ってみたいの。ずうっと思ってきた夢だから、絶対、絶対、実現させる。だから高校は立館女子に行くつもり」

「あ、立館は文芸部の活動がすごいもんね。全国レベルなんだよね」

智香がまたうなずく。

「そうそう。五十人ぐらい部員がいるんだって。小説とか脚本とかエッセイとかジャンル毎《ごと》にわかれて活動してるの。授業にも、書きたい生徒のための特別枠《わく》があって、プロの脚本家とか作家を呼んでくるんだって。憧れちゃう。何があっても、あたし、立館女子に入るんだ。夢への一歩だからね」

「けど、立館は遠いよ。片道、二時間ぐらいかかるんじゃない」

「うん。もしかしたら下宿しなきゃだめかも。でも、お母さんもお父さんも、あたしの好きなようにしてもいいって言ってくれたんだ。だから、もう、がんばる」

「そっかぁ。夢に向かって一直線だね。かっこいい」

「えへへ、かっこよくはないけどね。けど、流されたくないんだ」

「流されるって？」

「うん……上手く言えないけど、ちゃんと夢を持ってないとずるずる流されちゃうようで、怖いんだよね。ちょっとでもいい高校に行って、いい大学に入って……みたいなの嫌だもの」

佐知子と智香のやりとりが耳に入るたびに、気分がざわめく。

ざわざわと不穏な音を立てる。

生意気だ、と思った。

あたしより成績も、容姿も劣《おと》るくせに偉《えら》そうなこと言って。

愛海は小さい時から利発だと言われてきた。可愛いと言われてきた。小、中学校までは地元でも、高校は県下屈指《くっし》の進学校を選び、トップクラスの大学に進む。そんなコースは当然のように、愛海の前に敷《し》かれていた。

流されたくない？

何よそれ。あたしに対する嫌味《いやみ》？

夢が何かと問われたら、答えられない。これから先、佐知子の言う〝夢〟を見つけられるとも思えない。どうしても、思えない。

それは、あたしに夢がないから？

夢を持つ力がないから？

あんた、あたしのこと嗤《わら》ってんの。

生意気だ。許せない。

愛海の顔色にも胸の内にも、まるで気が付かず、佐知子はいつになく饒舌だった。

立館女子のオープンスクールについて、一人、しゃべっている。

気の利かない、空気の読めない女。つまらない、ごく普通の平凡《へいぼん》な者。夢なんてちっとも相応《ふさわ》しくない。

佐知子への嫌悪を飲み下し、その日はそのまま別れた。

家に帰り夕食を食べても、風呂に入っても、ベッドに横になっても心は静まらない。

許せない、許せない、許せない。

得意げに〝夢〟を語った佐知子が許せない。佐知子に嫉妬《しっと》している自分が許せない。

あたしが佐知子を妬《や》くなんて、そんなことありえない。

愛海は奥歯を嚙み締め続けた。

その一カ月後、愛海たちは三年生になった。

愛海と佐知子は一組、智香は二組だった。

また、佐知子といっしょか。

いまいましい思いが膨れ上がる。

「また、同じクラスだね。よろしく」

満面に笑みを浮かべた佐知子が手を差し出してきた。握手《あくしゅ》をするつもりだろうか。愛海は気付かない振《ふ》りをして、佐知子から遠ざかった。

そして、教室内がまだ落ち付かない四月の日曜日、智香が入院した。家の階段から落ちて脚を骨折したのだ。インフルエンザに罹《かか》り、高熱のため目眩《めまい》がして足を滑《すべ》らせたらしい。

病気と怪我《けが》が重なり、一月《ひとつき》以上の長期入院となるようだ。容態が安定したころ、みんなで見舞《みま》いに行くことにした。クラスメートの彩や美子もいっしょにだ。

病院の最寄りの駅で待ち合わせた。

お見舞い金は一人六百円。それを二等分して、愛海がケーキを、佐知子が花を用意してくる。そういう約束だった。愛海が決めたのだ。誰からも異存はでなかった。

しかし、集合したとき、佐知子はケーキの箱を抱えていた。

「近所のケーキ屋さんで智香の好きなフルーツのヨーグルトケーキ、偶然《ぐうぜん》見つけたの。これ季節限定だし、すごい人気ですぐ売り切れちゃうんだ。買えてよかった。きっと、智香、大喜びするよ」

「あれ？　でも、佐知子はお花じゃなかった？」

愛海をちらりと見やり、美子が言う。

「うん、でもこっちの方がいいよ。ほんとに好きなんだから」

佐知子は鼻の先に汗《あせ》を浮《う》かべ、得意げに笑った。

愛海の内で、何かが弾《はじ》けた。

無音の爆発《ばくはつ》が起こる。

怒《いか》りが身体中を巡《めぐ》る。全身が紅色に染まっていく気がした。

「なんでそんな勝手なことするの」

一歩、佐知子に詰め寄った。

「お花を買うって決めたら、買うべきでしょ。なに勝手に変えてんのよ。みんなのお金だよ。勝手に使っていいわけないでしょ」

「あ、でも……このケーキ、なかなか買えなくて……」

「ケーキは、あたしが買ってるの」

青い紙袋《かみぶくろ》を差し出す。

「ケーキばっかり、二箱も持って行ってどうすんのよ。馬鹿みたいじゃない。なんでそんなことが考えられないのよ。それにね佐知子、あんた、どうして約束が守れないの。あたしたちとの約束なんて、どうでもいいわけ」

「そ、そんなつもりじゃ……」

「じゃあ、どういうつもりよ」

さらに一歩、詰める。押《お》しも突《つ》きもしなかったのに、佐知子はよろめき街路樹に背中をぶつけた。その拍子《ひょうし》に、手からケーキの箱が滑り落ち、車道に転がった。

「ああっ」

大型トラックがかなりのスピードで通り過ぎた。佐知子が悲鳴をあげる。その悲鳴もケーキの潰れる音も、トラックのエンジン音が掻《か》き消してしまった。

トラックが行ってしまう。

無残に潰《つぶ》れたケーキが道路を汚《よご》していた。

「あ……ひどい、ひどいよ、愛海」

「は？　あたし？　あたしが悪いの？　あたしのせいにするの？」

佐知子が青ざめた。

「あ……ごめん。あの、あたし……愛海、ごめん」

「気易く、呼ばないでよ」

佐知子を睨《にら》みつけ、愛海は首を横に振った。

「あんたみたいな自分勝手なの、もううんざり。大嫌い。傍《そば》に寄るだけで、気持ちが悪くなるよ」

佐知子の顔から、ますます血の気が引いて行く。

「明日から、もう一言も口をきかない。あんたも、絶対に話しかけたりしないでよ。わかった」

ここで初めて笑えた。

どんな笑みを浮かべたのだろう。佐知子が身を縮めた。息が苦しいのか、口を開けて喘《あえ》いでいる。

あたしに怯《おび》えている。あたしを怖がっている。

愛海は声を上げて笑いそうになった。

道路に屈《かが》みこみ、ケーキの箱を摘《つ》まみ上げる。白いクリームと潰れた苺《いちご》がぽたりと落ちた。

「はい。大事なケーキ。お見舞いに持って行ったら。けど、あたしたちが先だからね。一時間ぐらい後にしてよ。わかった」

箱を佐知子の胸に押し付ける。

白いブラウスにクリームが散った。苺の汁《しる》が滲《にじ》んだ。佐知子がまた、小さな悲鳴をあげた。

それが始まりだった。

その日から、愛海は言葉どおりに行動した。

佐知子を完全に無視して、一切、口をきかなかった。美子も彩も追随《ついずい》する。クラスの中心的存在だった愛海の態度に、周りはいつのまにか影響《えいきょう》されていく。もともと口数も友人もそんなに多くなかった佐知子が、クラスで孤立《こりつ》するまでに、そう時間はかからなかった。相談したくても、智香はいない。佐知子はさらに口数が減り、暗くなった。そして、少し太った。ストレスから過食になっているのかもしれない。

そんな状態が続いたある日、委員会活動が終わり美子たちと教室に帰ると、佐知子が一人、机を拭《ふ》いていた。他には誰《だれ》もいない。

デブ。ブタ。みにくーい。

誰が書いたのだろう。机の上の黒い文字が眼に飛び込んできた。このところ、一部の男子も加わって、佐知子への風当たりは強くなっている。それこそ、ストレスのはけ口にしているみたいだ。

「愛海……」

「あたしじゃないよ。そんな、せこい真似しないから」

「……わかってる。でも……」

佐知子がうつむいた。

ああ、イライラする。こんなに太って、こんなにうじうじしていて、なにが「夢がある」よ。嗤ってしまう。

潰したら、どんなに気持ちがいいだろう。あのケーキみたいに、ぐちゃりと踏み潰してやったら……。

背筋がひやりとした。

この残忍さはなんだろう。あたしの中に、こんな残酷な心が存在していたなんて。

少し……怖い。

「愛海、待って。話がしたいの」

背を向けた愛海の肩を佐知子が摑《つか》んだ。さっきまで、雑巾《ぞうきん》を握っていた指だ。まだ、濡《ぬ》れている。

「やめて。汚い」

身を捩《よじ》ったはずみに、腰が机に当たった。バランスを失った身体が崩《くず》れた。机の上に倒《たお》れ込《こ》む。その机ごと横倒しになる。

「きゃあ、愛海」

美子が悲鳴をあげた。

「大丈夫、大丈夫、愛海」

「佐知子、なんてことするのよ。これ、暴力だよ」

彩も声を荒げる。

「あ……あ、ごめん。そんなつもりじゃなくて……」

佐知子が震える指で口元を覆った。

美子に支えられ、愛海は立ち上がった。膝《ひざ》がすりむけて、血が滲《にじ》んでいた。

「話しかけないでって言ったのに、話しかけてきたよね。いいかげんにしてよ」

「愛海……」

「あんたなんか友だちじゃないんだよ。あたし、あんたが嫌いなの。そんなこともわからないの。最低だよ」

潰したい。潰したい。潰れちゃえ。潰れちゃえ。ぐちゃぐちゃに潰れてしまえ。

カバンを摑み、教室を出る。

佐知子のすすり泣きが聞こえた。

佐知子はその日から、学校に来なくなった。

担任にいろいろ聞かれたけれど、なにも知りませんと答えた。

「先生、あたし、久本さんとそれほど親しいわけじゃないんです。話が合わないところもあって、いっしょに行動することは、ほとんどありませんでした。もしかして、久本さんが淋《さび》しい思いをしていたのなら謝らなくちゃとは思います。でも、無理やり仲良くはできません。普通のクラスメートとしてなら、ずっと接してきたし、これからも接していけますけど。あたしとしては、久本さんのことで何の心当たりもありません」

愛海の言葉に、担任は何度もうなずき、そうだなと納得した。

それだけのことだ。

もう七月。佐知子が三年一組の教室から消えて二カ月以上が経った。佐知子のことをみんな、忘れかけているようだ。いなくなれば忘れ去られる。

それだけのことだ。それだけの……。


「あたし、帰る」

智香が静かに告げた。

いつのまにか伏せていた眼を上げる。智香の視線とぶつかった。智香が愛海をみつめている。まっすぐな視線が痛くて、愛海は横を向いてしまった。

隣の席では、若い男が一人、アイスコーヒーを飲みながら本を読んでいた。反対側では、買い物帰りの主婦らしい三人がバーガーそっちのけで、おしゃべりに興じている。高校生のグループが蒸し暑い空気を連れて入ってきた。誰もが陽気で幸せそうに見える。

「じゃあね」

智香が去っても、誰も口をきかない。愛海は立ち上がり、乱暴にトレーを片付けた。

「あたしも帰る。これから塾だから」

「あっそうか。塾、この近くだったよね。がんばれ」

美子が笑顔で手を振った。彩も指先をひらひら動かしている。

「じゃあ、バイ」

「バイ。また、明日」

店の入り口で振り返る。美子と彩は顔を寄せ合い、内緒話《ないしょ》をしていた。背中をむけているので、表情は窺《うかが》えない。むろん声など耳に届いてくるわけがない。

もう、愛海って、ほんとやりづらいよね。

そうそう、東晋受けようよ、だって。あたしたちじゃ受かりっこないってわかってるくせに、ああいうこと言うかな。マジ、信じられない。

このごろ、すぐイラつくし。

けど、あのイライラ、こっちにぶつけられたら大変だから。佐知子みたいに、やられちゃうよ。

うわぁ、怖い。早く、離れたいよ。

二人の会話が聞こえてくるようだ。

空耳だろうけれど……。

美子も彩も、自分を好いているわけじゃないと知っている。クラスで目立つ愛海の近くにいれば、なにか得があるとでも考えているのか。単に愛海を怖れて逆らえないだけなのか。

どうでも、いいや。

駅裏のビルに向かって歩き出す。十階建てのビルの三階から上が、進学塾になっている。愛海の姉も兄も通った。一月毎に模試の成績別にクラスを分けられる。DからAまであるクラスのAにいなければ、東晋学園は無理だと言われてきた。ずっとAだったのに、この前の成績が振るわなくて、愛海は今、Bクラスにいる。

「焦《あせ》ることないわ。一時的に成績が下がることって、あるもの。次の試験でAクラスに戻《もど》れば、なんの問題もないんだから。大丈夫」

母は言った。それはつまり、次の試験でBクラスのままだと、問題だということだ。焦らなければだめだということだ。

焦る。父親も母親も、愛海が受験に失敗するなんて考えてもいない。塾や学校の教師もそうだ。なにより愛海自身が考えていなかった。考えてはいけない。今まで、一度だって失敗したことなんてない。弱気になってはだめだ。自分を信じなくちゃ。信じて、信じて、がんばって……、がんばって東晋に入って、その先はどうする？　今度は大学入試を目指してがんばって、見事に志望校に合格して、その先はどうする？　今度は何のためにがんばる？

焦る。心が焦りながら萎《な》えていく。

ため息を漏らしたとき視線を感じたのだ。執拗《しつよう》に絡《から》みつく視線を。

見られている？

つけられている？

振り向いて辺りを見回したけれど、愛海を見ている者などいなかった。いつもの風景、変わらぬ光景が広がっているだけだ。

気のせいか。

向き直り、また、歩き出す。

気のせいだ。でも……。

このところ、こういうことが何度かあった。

誰かに見られていると感じる。誰かがじっとあたしを見張っている。そんな気がしてならない。

足を速める。

胸の動悸が激しくなる。

あたし、どうかしている。なにに怯《おび》えているわけ？　ちょっと落ち着きなさい、愛海。

自分を叱《しか》る。でも、怖い。怖《おそ》れは少しも弱まらない。

愛海はさらに走った。

塾の建物が見えた。ほっとする。速度を緩めないまま、エントランスに飛び込んでいった。

「きゃっ」

「うわっ」

衝撃《しょうげき》がきた。しりもちをつく。痛みに全身が痺《しび》れた。

「うわっ、大丈夫。吉岡さん」

腕を引っ張られた。何とか立ち上がる。

「ごめん。ぼんやりしてた」

目の前に少年がいた。屈《かが》み込み、散乱した愛海の荷物を集めてくれている。見覚えがあるような……。確か同じ中学で……二組の生徒じゃなかったろうか。そうだ、二組の図書委員だ。いつも、図書室にいて、美子が「かっこいい」なんて騒いでいた。本なんて興味ないくせに、この少年と話がしたくて、足繁《あししげ》く図書室に通っている。馬鹿みたいだ。なんて名前だったかな。向こうはあたしのこと、知ってるみたいだけど。

「どこか痛む？」

荷物を全て拾い、少年が愛海に顔を向けた。

優しい面立ちをしている。なるほど、これなら美子が騒ぐわけだ。

「いえ……あの、ごめんなさい。あたしが前をちゃんと見ないで走ってたから」

「すごい勢いだったけど、どうかしたの？　まるで、何かに追いかけられてるみたいだった」

「え？　あ、ううん。ありがとう。えっと……二組の人だよね」

「そう」

「あの、もしかして、ここの塾に通ってるの」

「あ、いや。入塾用紙をもらいに来ただけ」

少年は青色の用紙を指に挟んで、ひらりと振った。

「成績別に分けられたりして、けっこう厳しそうなんで、ショージキ、悩み中。吉岡さん、ずっとここに通ってるの？」

「うん、まあ……」

クラスを聞かれたら、どうしよう。

そんな思いがちらりと過《よ》ぎる。

Bクラスと答えるのも、嘘をつくのも嫌だった。しかし、少年は、

「じゃあ、気を付けて」

と、短い一言を残し背を向けた。

授業開始五分前のベルが鳴る。愛海はカバンを手にエレベーターへと走った。

さっきまでの恐怖《きようふ》は、もうほとんど消えていた。

「吉岡さん」

苗字を呼ばれるのと同時に肩を叩《たた》かれた。

「あ、深沢《ふかざわ》くん」

振り向き、答える。

「あ、名前、知っててくれたんだ」

深沢雄哉《ゆうや》が笑みを浮かべた。

「あ、うん」

少年の名前は美子から聞き出した。

「愛海、もしかして深沢くんに興味津津《しんしん》？」

冗談めかしてはいたが、かなり心配気に美子が窺《うかが》ってくる。

「まあね。ふふ」

愛海も冗談っぽく笑って見せたりした。

深沢くんと付き合うって嘘ついたら、美子、どんな顔をするかな。

目の前に立っている少年の全身に、ちらりと視線を走らせる。

夏休みに入ってすぐの土曜日、午後八時。

塾のビルのエントランス。

愛海は夏季特別授業を終え、帰ろうとしていた。

十分ほど前に夕立があったのに、暑気は和《やわ》らがない。むしろ、蒸し暑さが増したようだ。自動ドアが開くたびに、じっとりと重い空気が腕にまとわりついてくる。冷房がほどよく利いた建物内にいると、その湿気や温度が我慢ならないほど不快だった。

「この前は、ありがとう。ちゃんとお礼を言わなくっちゃって思ってたんだけど、学校ではなんか言いづらくて。ぐずぐずしていたら、夏休みになっちゃった」

「お礼？　別にいいよ、そんなの。ぶつかったのは、ぼんやりしてたおれも悪かったんだし」

深沢が困ったように首を傾げる。なかなかいい表情だ。どうしてだか、上目遣いにこちらを見上げてきた美子を思い出した。

「けど、深沢くん、結局、塾に入らなかったんだね。捜《さが》したけど、どのクラスにもいないし」

「あ、うん。悩《なや》んだんだけど、やっぱ止めた。他人から厳しくやられるの、おれの性《しょう》に合わないんだ。かなりマイペースなもんで」

「ふーん。そうなんだ」

なんだ、意外にやる気がないんだ。

少し落胆《らくたん》する。深沢に対する関心が萎《しぼ》んでいく。

「じゃあ、ここで。さよなら」

「あ、ちょっと待てよ」

深沢が腕を摑んできた。強い力だった。

「なにするの。離してよ」

尖《とが》った声を出していた。視線も尖らせ、相手を睨みつける。

馴《な》れ馴れしくしないでよ。お礼を言ったんだから、もう用は済んだの。べたべた、してこないで。

視線で伝える。腕を振りほどこうとする。

「佐知子が死ぬかもしれない」

深沢がささやく。それから、腕をゆっくりと放《はな》した。

「は……」

とっさに意味が解せなかった。

サチコガシヌカモシレナイ。

なに、それ？　この人、なにを言ってるの？

「今日の夕方、手首を切って倒れているのを家の人が見つけて、病院に運ばれた。状況から見て、自殺を図ったとしか考えられない」

「そんな……、そんな」

「それだけを、吉岡さんに伝えたかったんだ」

深沢は口を結び、愛海をみつめる。なんの感情も読み取れない眼をしていた。

「……あなた、誰よ。どうして、佐知子のことを……」

「おれと佐知子の関係なんてどうでもいい。おれは、佐知子が吉岡さんたちにいじめられて、苦しんでいたことを知っている。一人で部屋に閉じこもって、苦しんでいたんだよ、吉岡さん。そして、とうとう……」

「あたしの……あたしのせいじゃない。あたし、いじめてなんか……なくて……」

「他人をいじめるやつって必ずそう言うんだよな。『あたしのせいじゃない』『いじめたつもりは、ない』って。ほんと、必ず言うんだ」

深沢が眉を顰《ひそ》める。ジーンズの尻ポケットから携帯を取り出す。呼び出し音が鳴っていた。

「はい……」

長い沈黙があった。

「そう、やっぱり……」

逃げ出さなくちゃ。ここから、逃げ出さなくちゃ。

頭がそう命じるのに、足が動かない。

サチコガシヌカモシレナイ。

なんなのよ。いったい、なにが起こったの。

深沢がゆっくりと振り返った。

「……駄目《だめ》だった。佐知子、駄目だったって……」

心臓が縮む。けれど、足は動いた。

愛海は蒸し暑い夏の夜へと飛び出して行った。

知らない、知らない。あたしのせいじゃない。そうだよ、あたしが悪いんじゃない。あたしは、なにもしていない。

なにもしていない？　本当に？　本当にそんなこと言える？

携帯が叫ぶ。耳に慣れた着信音が鼓膜《こまく》に突き刺さる。悲鳴をあげそうになった。

指が震えて、上手く掴めない。

誰？　誰よ……。

智香からだ。少し、息が吐けた。

「もしもし、愛海」

智香の声も震えていた。

「佐知子が……佐知子が……亡くなったの」

「……知ってる」

「知ってるの？　じゃあ、じゃあ遺書のことは」

「遺書？」

「佐知子の遺書が見つかったの。そこに、いじめのことが書いてあって、愛海や美子、彩の名前もはっきり書いてあったって」

「え……」

「どうしよう、愛海。あたし、佐知子が一人で辛がってたのわかってて、放っておいたし……あたしのことも、佐知子、怨《うら》んでたかもしれない」

答えられなかった。頭の中がぼやけて、何も考えられない。

「佐知子のお父さんが遺書をコピーして渡すって……。あたしに読んでみてくれって。愛海、あたし、どうしたらいい？」

どうしたらいい？　あたしが尋ねたい。あたしは、どうしたらいいの。誰か教えて。

「愛海、これからグラウンドに来れる？」

「え？」

「佐知子の遺書のコピー……いっしょに、読んでみようよ」

「そんな……」

「あたしたちのことだよ。他人事《ひとごと》じゃないんだよ。あたしたちの名前が書いてあって、それがみんなに知られちゃうんだよ」

ぞっとした。

家族、教師、クラスメート、様々な顔が浮かび、ぐるぐる回る。

「美子や彩にも、あたしから連絡する。みんなで、相談しよう。グラウンドの鉄棒のところに来て」

「グラウンドなんて、真っ暗だし……」

「ライトを持って行く。他人に見られちゃまずいでしょ。ううん、家族に見つかったら、余計たいへんじゃない。誰かの家やバーガーショップに集まるわけにはいかないよ。そんなこともわからないの」

いつもの智香とは人が違ったように急《せ》いて、刺々《とげとげ》しい物言いだ。

「……わかった」

「すぐに来てね。あたし……これから、佐知子のお父さんに会ってくるから」

電話が切れた。

手のひらにびっしょり汗をかいていた。

遺書。名前。みんなに知られちゃう。佐知子、駄目だった。サチコガシヌカモシレナイ。すぐに来てね。

頭が痛い。吐き気がする。でも、行かなくちゃ、グラウンドへ。

携帯で母に連絡する。必死の努力で、いつもどおりの声を作る。

「あ、ママ。今日、ちょっと遅くなる。うん、一時間ぐらいかな。方程式の解き方で先生に質問したいところが幾《いく》つかあるの。先生の授業が終わるの、待たないといけないみたい。あ、食事は大丈夫。コンビニでなにか適当に買って食べるから。じゃあね」

一方的にしゃべって切る。あれこれ、尋ねられたくない。母はなにも知らなかった。佐知子の死は、まだ、大人のところまで届いていないらしい。しかし、明日にはおそらく……。

携帯を握り締め、愛海は覚束《おぼつか》ない足取りで歩き始めた。


グラウンドの北の端。鉄棒の横で人影が動く。ライトの明かりが見えた。走り寄る。智香が一人、佇《たたず》んでいた。

「智香。美子や彩は？」

智香は無言だった。その肩を摑む。

「智香、聞いてるの。なにぼんやりしてるのよ」

闇に沈んで智香の顔は窺えない。息遣いだけが、伝わってくる。

「……佐知子」

「は？」

「佐知子が……いる」

汗が噴き出た。暑さのせいではない。氷のように冷え切った汗が身体中を濡らす。首がぎしぎしと音をたてる。

智香の腕がゆっくりと上がった。中型のライトの明かり、その輪の中に人の左半身が浮かび出る。

夏の制服を着ていた。肩まで髪が伸びていた。それがゆらゆらと揺れていた。そして、手首から先が真っ赤に染まっていた。

赤い雫《しずく》が滴《したた》り落ちる。

愛海はその場に棒立ちになったまま、全身を震わせた。

悲鳴さえ出てこない。

息をするのがやっとだ。

「……愛海」

佐知子が呼んだ。

幽霊《ゆうれい》？　佐知子の幽霊……。

動けない。動けない。手も足も、指先も動かせない。

佐知子がゆっくり顔を上げる。

「愛海……辛かったよ。とても……辛かった……」

「佐知子……」

「死ぬしか……なかった。愛海が、あたしを……追い詰めて」

「ばかあっ」

叫んだ。喉が張り裂けそうなほどの、声で叫んでいた。

「なんで、なんで、死んだりするの。死ぬ前に、なんで、あたしに言わないの。怨んでるって、言わないの」

光が揺らぐ。智香が息を吸い込む音がした。

「あたしを殴ればよかったんだよ。あたしを怨んで死ぬほど殴れば……あんたが死ぬことなんかなかったんだ。あたしを、あたしを……」

足から力が抜けていく。その場にへたり込む。

「……ごめん、ごめんなさい、佐知子。ごめんなさい」

嗚咽《おえつ》がほとばしった。濁流になって渦巻く。グラウンドに突っ伏して、愛海は泣き続けた。

「はい、カット。ここまで」

誰かがそう言った。

その一言が合図だったのか、四方に明かりが点《とも》る。

「え……」

涙と鼻水でぐしょぐしょになった顔を上げると、眼が眩《くら》んだ。

ポールに固定されたライトが赤々と辺りを照らしている。その明かりの中に佐知子がいた。二本の足で、ちゃんと立っている。

「佐知子……」

佐知子がタオルで左手を拭う。手首に傷はなかった。

「愛海、騙《だま》してごめんね。これ、お芝居《しばい》なの」

「……お芝居」

「だけど、死にたいって思ったのは本当だよ。いじめられた記憶が辛くて、苦しくて……死んだら楽になるかもって考えたりはしたんだ。ほんとに……。深沢くんが訪ねてきてくれなかったら、あたし死にはしなかったかもしれないけど……ずっと辛かったと思う」

「深沢くんて」

「おれのこと」

佐知子の横に深沢が並ぶ。佐知子が微かにうなずいた。

「深沢くんが家に訪ねてきてくれて、愛海に復讐《ふくしゅう》しろって言ったの。どんなやり方で復讐したいか、ノートに書いてみろって。あたし、復讐ノートなんて、とても怖ろしく感じて、でも、言われたとおりに書き出してみると、なんか、頭の中がすっきりするというか、心が整理されるというか……。その中に、あたしの脚本でお芝居をして、愛海を死ぬほど怖がらせるって復讐方法があってね、山田先輩《せんぱい》がそれはリアルに使えるって言ってくれて……」

「あ、山田先輩って、おれです。山田《やまだ》一夫《かずお》、よろしく」

闇の中からひょろりと背の高い男が現れた。さっき「はい、カット、そこまで」と言った、あの声だ。そして、

「あ、バーガーショップにいた人」

「うっす。覚えてってくれてありがとう。情報収集のために隣の席に座らせてもらいました。あっ、つまり、吉岡さんたちの情報を集めてたわけ。なんで、なんのために久本さんをいじめたのか、知りたかったからさ。おーい、章司」

「はい」

生真面目な返事の後、小柄《こがら》な少年が進み出てきた。

「三年三組、眞野章司《まのしょうじ》。図書委員なんだけど知ってるかな」

見覚えがあるようにも、ないようにも思う。

「彼がずっと、きみを尾行《びこう》してたんだ。こう見えても情報収集の達人でさ。ま、おれらのことはいいけど、久本さんの復讐ノートに『わたしの脚本で、愛海を死ぬほど怖がらせる芝居を作る』ってのがあって、これやってみようって話になったんだ。な」

佐知子がさっきより深く、うなずく。

「三人が集めてくれた情報をもとに、あたし、脚本を書いたの。智香にも協力してもらって……、智香、深沢くんに言われて、あたしのところに来てくれたの。いっしょにいるから、登校しても大丈夫だって言ってくれたんだ。でも、あたし、脚本を一つ、書きあげたかったんだ。愛海を主役にして、どんなストーリーにしようかって必死に考えて……うん、楽しかった。ほんとに、楽しかったよ。あたし、やっぱりドラマを書きたいんだって思えて……。あのね、愛海、あたし、書いているうちに愛海を俳優みたいに考えるようになったの。怨む相手じゃなくて、あたしの脚本を活《い》かしてくれる俳優さんだって。そしたら、あたし……もうどうでもいいかって気になって……。愛海たちがあたしにどんなことをしても、もういいかって気になって……」

「最後が想定外のシーンになったけどな」

山田が笑う。

「まさか、あそこで、主演女優が『ばかあっ』って叫ぶとはねえ。けど、まあアドリブにしては、いい科白《せりふ》だったけどな。そう、死ぬより相手を殴ればいいんだ。その方が、ずっとマシさ。そこらへんを踏《ふ》まえて、もう一度、脚本、書き直してみたら？」

「はい」

「これで気が済んだ？　久本式復讐は終わりでいいか？」

「はい。十分です。愛海、友だちに戻れるかどうかわかんないけど、もう、戻れないかもしれないけど、でも、でも、謝ってくれてありがとう。あたし、夏休み明けから学校に行くよ」

「そっか、気が済んだか。じゃあ」

山田が愛海の前に膝をつく。

「年上の者として一発、殴らせてもらう」

「え？」

頰が鳴った。痛みが口の中まで染みてくる。思いっきりの力で打たれたと気が付くのに、しばらく時間がかかった。

「いじめを正当化できる、どんな理由もないんだぞ。おまえ、最低のことをやったんだ。それだけは、覚えとけ。一生、忘れるな」

山田の声は深く美しかった。

愛海は頰を押さえたまま、その声を聞いていた。


「ふーむ、復讐プランナーとしてはまずまずの仕事だったな」

三人の少女が帰ったグラウンドで、山田が大きく伸びをした。

「ですね。でも、めでたしめでたしってわけじゃないけど」

雄哉はライトを片付けながら、小さく息を吐いた。

「現実はドラマみたいに上手くはいかないさ。でもまあ、久本は生き延びた。それで、よしとしなくちゃな」

「ええ」

「けど、今回の経費、どうしますか。六千円ぐらいかかってますよ。久本さんに請求します」

章司が遠慮がちに言う。

「そうだな。必要経費は頂きたいもんですな。章司、請求書、作っといてくれ」

「はい」

雄哉は思わず苦笑してしまった。

「なんだか急に、現実的な話になりますね」

「復讐プランナー、なが－く続ける気ならリアルにならなくちゃ、あっ」

「なんです？」

「流れ星だ」

山田が空を指差す。

見上げた天空には、夏の星々がさんざめいていた。

あとがき

みなさん、こんにちは、あさのです。

まずは、読んでくださったこと、感謝いたします（えっ、あとがきから読んでるの）。

今回は、いじめの渦中《かちゅう》にまきこまれた、一人の中学生がどうやって、その渦《うず》から脱け出すかを一つの物語としてみなさんに読んでもらいたい、その思いから、書き始めた作品でした。でも、いつのまにか、雄哉《ゆうや》と章司《しょうじ》、そして山田先輩、この三人組といっしょになって、相談したり、悩んだり、作戦を練ったり、あたりを窺《うかが》ったりしていました。そう、このチーム、トリオじゃなくてカルテット、四人組なんですよ。雄哉、章司、山田先輩、そしてあなたです。

いじめをなくすことは至難《しなん》です。でも、少なくともいじめる側に回らない、ただの傍観者《ぼうかんしゃ》にならない、それは、可能なんじゃないでしょうか。

あなたも復讐プランナーの仲間に、ぜひ。

さて、そういうことで（どういうことだ？）、山田先輩の指摘から、イジメの当事者になったときの心構えを何点か抜き出してみましょう。

ポイント① 冷静になることだ。冷静沈着。頭を冷やして考える。
　冷静にならなきゃ見えてこないものもあるんだ。

とはいえ、自分がいじめを受けているとなると、冷静になるのは難しいですよね。でも、焦っても、落ち込んでも、解決しません。まずは、今がどういう状況なのか、逃げ道はないのか、相談する人は……等々、じっくり考えてみましょう。考えられるということは、余力があるということです。「うん、まだ、だいじょうぶ」という信号でもあるのです。

ポイント② ぎりぎりまで無理しない。

耐《た》えて、耐えて、我慢《がまん》して……それより、さっさと逃げましょう。余力のあるうちに逃げるのです。しばらく、学校を休んだって、部屋に閉じこもったってかまわない。相手の攻撃から逃げて、休息し、力をたくわえるのです。お家《うち》の人は心配するでしょうが、開き直って、全てをうちあけるチャンスでもあります。

ポイント③　反応しないでおく。

おもしろ半分のいじめなら、反応がなければつまらなくなって、消えてしまうこともあります。あまり楽天的には考えられませんが、悲観的になり過ぎないように。

ともかく、自分を追い込まないことです。みなさん、みなさんの周りには無数の道があります。どのようにも、進めるし、逃げ込むこともできるのです。決して、行き止まり、袋小路《ふくろこうじ》ではありません。みなさんの明日は、広い世界につながっています。それを忘れないでくださいね。

文庫版あとがき――復讐プランナーという存在

今回、『復讐プランナー』が文庫になりました。将来、復讐プランナーを目指している人は、ポケットに忍ばせ、実用書として活用してください。いや、冗談ではなく、山田先輩の言うように、復讐プランナーが仕事として成り立たないか、わたしは本気で考えたりするのです（時々、ですが）。

いじめを受けた当事者が自《みずか》らの命を絶つ。痛ましいの一言ではとうてい片付かない、片付けてはいけない事件が数日前もまた、報道されました。本来なら生徒たちが主役となり、仲間と巡り合い、自分の可能性に触れ、かけがえのない日々をすごす〝学校〟という場が、命を削り、心を傷付ける修羅場となる。

それはなぜなのか。わたしたちは、どこで何を違えてしまったのか。大人として、母親として、物書きの端くれとしてその因を探し続けたことがありました。答えは……わずかも摑めませんでした。

最初、わたしはいじめをする側、他人を苛《さげす》み、傷付け、追い詰めていく者たちに、人間として大きく欠落した部分があるに違いないと考えていました。家庭環境なのか、友人との関係なのか、生来の気質なのか、ともかく、人が人として成り立つ根本、根っこのところに膿んだ病巣を抱えているのだろうと。換言すれば、いじめを受ける者はごく普通の子どもたち、つまり、誰でもその対象になりうる（だから怖ろしいのですが）けれど、いじめをする者はある意味、人であるための心の一部が歪《ゆが》み、爛《ただ》れ、腐乱している特異な人物なのだと決めつけていたのです。

イギリスの小説家スチーブンソンに『ジキル博士とハイド氏』という小説があります。ジキル博士は自ら開発した薬剤により、自分の内の悪の部分を具現化したハイド氏に変身します。外見醜悪で品行下劣、残酷で冷徹なこのハイド氏は、いじめに加担する者のイメージとぴたりと重なりました。ハイド氏ほど極端でなくても、心に悪魔を飼う者が他者を苛むのだと思っていたのです。でも、このごろ、そうではなく、いじめる側もまた、ごく普通の人たちなのだと気が付いたのです。他者の心を無慈悲に踏みにじる反面、他の者には優しく接することもできる。大切にしたいものも、守りたいものもちゃんと持っている。ごく普通の少年、少女が、ハイド氏となるのです。それは、誰でもハイド氏と化す可能性がある、そういうことではないでしょうか。

気が付いたからといって答えが摑めるわけでも、解決策が見いだせるわけでもありません。それでも、じたばたと足掻《あが》き、真実に、正解にわずかでも近づきたい。そんなじたばた、そんな足掻きが『復讐プランナー』という作品になったのです。

正直、わたしはまだ何も知りません。わかっていません。ただ、死んではいけません。死が解決してくれるものなど、ないのです。死を選ぶぐらいなら復讐を考えてみてください。

あなたらしい、あなたにしかできない復讐の方法を考え続けてください。もし、あなたが復讐プランナーであるなら、どんな方法を使うか、考えてもらいたいのです。

いじめは悪です。卑劣で、冷酷で、おぞましい悪です。その悪に対抗するのは、深い思考しかありません。向こうは人と獣の境目にいるハイド氏ですが、あなたは思考できる本物の人間なのです。尊い一人の人間です。それを忘れないでください。

二〇一四年三月

本書は二〇〇八年六月、河出書房新社より〈14歳の世渡り術〉シリーズの一冊として刊行されたものです。文庫化にあたり、書き下ろし作品「星空の下で」を加えました。

復讐《ふくしゅう》プランナー

二〇一四年 四 月一〇日 初版印刷
二〇一四年 四 月二〇日 初版発行

著　者 あさのあつこ
発行者 小野寺優
発行所 株式会社河出書房新社
〒一五一―〇〇五一
東京都渋谷区千駄ヶ谷二―三二―二
電話〇三―三四〇四―八六一一（編集）
〇三―三四〇四―一二〇一（営業）
http://www.kawade.co.jp/

ロゴ・表紙デザイン 粟津潔
本文フォーマット 佐々木暁
本文組版 KAWADE DTP WORKS
印刷・製本 中央精版印刷株式会社

Printed in Japan ISBN978-4-309-41285-6

ひとり日和

青山七恵　41006-7

二十歳の知寿が居候することになったのは、七十一歳の吟子さんの家。奇妙な同居生活の中、知寿はキオスクで働き、恋をし、吟子さんの恋にあてられ、成長していく。選考委員絶賛の第百三十六回芥川賞受賞作！

やさしいため息

青山七恵　41078-4

四年ぶりに再会した弟が綴るのは、嘘と事実が入り交じった私の観察日記。ベストセラー『ひとり日和』で芥川賞を受賞した著者が描く、ＯＬのやさしい孤独。磯崎憲一郎氏との特別対談収録。

キャラクターズ

東浩紀／桜坂洋　41161-3

「文学は魔法も使えないの。不便ねえ」批評家・東浩紀とライトノベル作家・桜坂洋は、東浩紀を主人公に小説の共作を始めるが、主人公・東は分裂し、暴走し……衝撃の問題作、待望の文庫化。解説：中森明夫

ノーライフキング

いとうせいこう　40918-4

小学生の間でブームとなっているゲームソフト「ライフキング」。ある日、そのソフトを巡る不思議な噂が子供たちの情報網を流れ始めた。八八年に発表され、社会現象にもなったあの名作が、新装版で今甦る！

福袋

角田光代　41056-2

私たちはだれも、中身のわからない福袋を持たされて、この世に生まれてくるのかもしれない……人は日常生活のどんな瞬間に、思わず自分の心や人生のブラックボックスを開けてしまうのか？　八つの連作小説集。

二匹

鹿島田真希　40774-6

明と純一は落ちこぼれ男子高校生。何もできないがゆえに人気者の純一に明はやがて、聖痕を見出すようになるが……。〈聖なる愚か者〉を描き衝撃を与えた、三島賞作家によるデビュー作＆第三十五回文藝賞受賞作。

そこのみにて光輝く

佐藤泰志　41073-9

にがさと痛みの彼方に生の輝きをみつめつづけながら生き急いだ作家・佐藤泰志がのこした唯一の長篇小説にして代表作。青春の夢と残酷を結晶させた伝説的名作が二十年をへて甦る。

空に唄う

白岩玄　41157-6

通夜の最中、新米の坊主の前に現れた、死んだはずの女子大生。自分の目にしか見えない彼女を放っておけない彼は、寺での同居を提案する。だがやがて、彼女に心惹かれて……若き僧侶の成長を描く感動作。

野ブタ。をプロデュース

白岩玄　40927-6

舞台は教室。プロデューサーは俺。イジメられっ子は、人気者になれるのか?!　テレビドラマでも話題になった、あの学校青春小説を文庫化。六十八万部の大ベストセラーの第四十一回文藝賞受賞作。

枕女優

新堂冬樹　41021-0

高校三年生の夏、一人の少女が手にした夢の芸能界への切符。しかし、そこには想像を絶する現実が待ち受けていた。芸能プロ社長でもある著者が描く、芸能界騒然のベストセラーがついに文庫化！

引き出しの中のラブレター

新堂冬樹　41089-0

ラジオパーソナリティの真生のもとへ届いた、一通の手紙。それは絶縁し、仲直りをする前に他界した父が彼女に宛てて書いた手紙だった。大ベストセラー『忘れ雪』の著者が贈る、最高の感動作！

島田雅彦芥川賞落選作全集　上

島田雅彦　41222-1

芥川賞最多落選者にして現・選考委員島田雅彦の華麗なる落選の軌跡にして初期傑作集。上巻には「優しいサヨクのための嬉遊曲」「亡命旅行者は叫び呟く」「夢遊王国のための音楽」を収録。

島田雅彦芥川賞落選作全集　下

島田雅彦　41223-8

芥川賞最多落選者にして現・芥川賞選考委員島田雅彦の華麗なる落選の軌跡にして初期傑作集。下巻には「僕は模造人間」「ドンナ・アンナ」「未確認尾行物体」を収録。

また会う日まで

柴崎友香　41041-8

好きなのになぜか会えない人がいる……ＯＬ有麻は二十五歳。あの修学旅行の夜、鳴海くんとの間に流れた特別な感情を、会って確かめたいと突然思いたつ。有麻のせつない一週間の休暇を描く話題作！

千年の愉楽

中上健次　40350-2

熊野の山々のせまる紀州南端の地を舞台に、高貴で不吉な血の宿命を分かつ若者たち——色事師、荒くれ、夜盗、ヤクザら——の生と死を、神話的世界を通し過去・現在・未来に自在に映しだす新しい物語文学。

リレキショ

中村航　40759-3

“姉さん”に拾われて“半沢良”になった僕。ある日届いた一通の招待状をきっかけに、いつもと少しだけ違う世界がひっそりと動き出す。第三十九回文藝賞受賞作。

夏休み

中村航　40801-9

吉田くんの家出がきっかけで訪れた二組のカップルの危機。僕らのひと夏の旅が辿り着いた場所は——キュートで爽やか、じんわり心にしみる物語。『100回泣くこと』の著者による超人気作。

泣かない女はいない

長嶋有　40865-1

ごめんねといってはいけないと思った。「ごめんね」でも、いってしまった。——恋人・四郎と暮らす睦美に訪れた不意の心変わりとは？　恋をめぐる心のふしぎを描く話題作、待望の文庫化。「センスなし」併録。

銃

中村文則

41166-8

昨日、私は拳銃を拾った。これ程美しいものを、他に知らない——いま最も注目されている作家・中村文則のデビュー作が装いも新たについに河出文庫で登場！　単行本未収録小説「火」も併録。

掏摸《スリ》

中村文則

41210-8

天才スリ師に課せられた、あまりに不条理な仕事……失敗すれば、お前を殺す。逃げれば、お前が親しくしている女と子供を殺す。綾野剛氏絶賛！大江賞を受賞し各国で翻訳されたベストセラーが文庫化。

少年アリス

長野まゆみ

40338-0

兄に借りた色鉛筆を教室に忘れてきた蜜蜂は、友人のアリスと共に、夜の学校に忍び込む。誰もいないはずの理科室で不思議な授業を覗き見た彼は教師に獲えられてしまう……。第二十五回文藝賞受賞のメルヘン。

走ル

羽田圭介

41047-0

授業をさぼってなんとなく自転車で北へ走りはじめ、福島、山形、秋田、青森へ……友人や学校、つきあい始めた彼女にも伝えそびれたまま旅は続く。二十一世紀日本版『オン・ザ・ロード』と激賞された話題作！

ブエノスアイレス午前零時

藤沢周

40593-3

新潟、山奥の温泉旅館に、タンゴが鳴りひびく時、ブエノスアイレスの雪が降りそそぐ。過去を失いつつある老嬢と都会に挫折した青年の孤独なダンスに、人生のすべてを凝縮させた感動の芥川賞受賞作。

ハル、ハル、ハル

古川日出男

41030-2

「この物語は全ての物語の続篇だ」——暴走する世界、疾走する少年と少女。三人のハルよ、世界を乗っ取れ！　乱暴で純粋な人間たちの圧倒的な“いま”を描き、話題沸騰となった著者代表作。成海璃子推薦！

求愛瞳孔反射
穂村弘　40843-9

獣もヒトも求愛するときの瞳は、特別な光を放つ。見えますか、僕の瞳。ふたりで海に行っても、もんじゃ焼きを食べても、深く共鳴できる僕たち。歌人でエッセイの名手が贈る、甘美で危険な純愛詩集。

浮世でランチ
山崎ナオコーラ　40976-4

私と犬井は中学二年生。学校という世界に慣れない二人は、早く二十五歳の大人になりたいと願う。そして十一年後、私はＯＬになるのだが？　十四歳の私と二十五歳の私の“今”を鮮やかに描く、文藝賞受賞第一作。

カツラ美容室別室
山崎ナオコーラ　41044-9

こんな感じは、恋の始まりに似ている。しかし、きっと、実際は違う――カツラをかぶった店長・桂孝蔵の美容院で出会った、淳之介とエリの恋と友情、そして様々な人々の交流を描く、各紙誌絶賛の話題作。

美女と野球
リリー・フランキー　40762-3

小説、イラスト、写真、マンガ、俳優と、ジャンルを超えて活躍する著者の最高傑作と名高い、コク深くて笑いに満ちた、愛と哀しみのエッセイ集。「とっても思い入れのある本です」――リリー・フランキー

インストール
綿矢りさ　40758-6

女子高生と小学生が風俗チャットでひともうけ。押入れのコンピューターから覗いたオトナの世界とは?!　史上最年少芥川賞受賞作家のデビュー作、第三十八回文藝賞受賞作。書き下ろし短篇「You can keep it.」併録。

蹴りたい背中
綿矢りさ　40841-5

ハツとにな川はクラスの余り者同士。ある日ハツは、オリチャンというモデルのファンである彼の部屋に招待されるが……文学史上の事件となった百二十七万部のベストセラー、史上最年少十九歳での芥川賞受賞作。